少年们
想从侧面
看烟花

少年たちは花火を横から
見たかった

[日] 岩井俊二 · 著

浙江出版联合集团
浙江文艺出版社

目录

少年们想从侧面看烟花 …… 1

为短篇小说所作的长篇后记 …… 165

文库版后记 …… 183

少年たちは花火を横から
見たかった

第一章

"如果我们把天河看作是一条大河,那么其中的一颗颗小星星就是河底的粒粒石砂。如果把它当成大片流淌的牛奶,那么所有星星就像漂浮在牛奶中的油脂颗粒。"

坐在天文馆的自动调节椅上,听着讲解员娓娓道来,眼前是星空的画面。一阵困意突然向我袭来,都快要坐不住了。

"假如果真如此,这条河流中的河水又是什么呢?那是'真空'。光以一定的速度在真空中传播,太阳、地球也都'漂浮'在真空中。"

这是小学六年级的六月,我们全年级一起到天文馆进行校外参观。时逢梅雨季节,大雨如注。从小巴停车场出来,还要爬一段上坡路才能到馆内。我们被暴雨浇了个透,经过一个水坑时我的鞋里还进了水。这种城市教育体验真是让人狼狈啊。可还来不及细想这些,我们就穿着湿透的鞋和衣服来到了温暖干燥的室内,坐在自动调节椅上昏昏欲睡。本来就已经筋疲力尽了,这会儿再怎么努力睁眼,眼皮也根本抬不起来。

"也就是说,我们都生活在天河的河水之中。在这天河水中向四周看去,你会发现,在天河底部越是深渊的地方,星星就越是聚集,好比水越深的河流看起来越显得湛蓝一样。所以天河看上去是这样白茫茫的一片。"

冷不丁地,有人在我背后耳语。

"《银河铁道之夜》。"

声音是故意压低的,离我出乎意料地近。后面的声音主人应该没靠在椅背上,而是前倾着坐着。不一会儿,耳边又响起了轻轻的咳嗽声。

我开始感到无聊,有点儿好奇前倾着坐还能看清楚星象仪吗?虽然也不是什么重要的事,但就是想试试看。我假装若无其事地慢慢调直椅背,这样一来,一半的星空都看不到了,脖子也仰得发酸,眼睛都要翻白了。这样看星象仪既没有什么乐趣,又不能舒服地打瞌睡,不知道后面那家伙是怎么想的。于是我又把椅背慢慢调回原来的角度,顺便偷偷往后瞄。昏暗的光线中,那家伙的身影和想象中一样前倾坐着,低着头。从我的角度看过去,那家伙头顶的发旋和银河系的形状一模一样。也许是察觉到了我的动静,对方突然抬起头来,我们就这么打了个照面,距离近得令人有些尴尬。

原来是和我同班的及川夏荠。我瞬间困意全无。

"宫泽贤治在《银河铁道之夜》的开头,就是这么介绍天河的。天河、银河、银河系,或者被称作天川银河,是行星的集合体,由两千到四千亿颗星球和气团组成,直径十万光年,厚度一千光年,总质量超过太阳的一兆两千六百亿倍。我们所在的地球属于太阳系,而太阳系属于银河系。"

一想到坐在后面的是及川夏荠,我的睡意一下子烟消云散,后背上还紧张得出了一层汗,解说也完全听不进去。不知道为什么,每次一提到夏荠我就紧张得不行。那种感觉,就好比傍晚放学回家的路上突然蹿出一条青蛇,你会被吓得瞬间石化,不等蛇离开绝对不敢过去。但它那美丽的身姿,那钻进茂密草丛中直到尾巴也消失不见的画面,却又让人看得入迷。就是这么一种难以言表的奇妙感受,是恐怖,是畏惧,还是憧憬?我不知道,我对夏荠的感情就是这样。

　　夏荠是四月转学来的,至于来自哪里现在已经记不清了。我们在课余时间也没什么说话的机会。夏荠非常沉默寡言,几乎没怎么见她和周围人交流过。因此她多少有点被孤立,三浦老师也担心她是不是在班里受了欺负。其实无论有没有欺负,谁都不了解夏荠。和班上其他女生相比,她显得很成熟。偶然也有一些传言,说夏荠实际上是初中生,因为生病留级嫌丢人才转学来的。

　　影像放映结束,馆内的灯光亮了起来。大家闹哄哄地说着话,躺着的孩子们像是从冷冻睡眠中醒来的宇航员,一个个伸着懒腰站起来。我混在他们中间不露声色地四处张望,趁机瞟了一眼夏荠的座位,可惜她已经不在了。

　　从放映厅出来,孩子们叽叽喳喳地挤在纪念品店,看着陈列的商品。雨下个不停,雨滴狠狠地砸在落地窗上又被弹开。

　　夏荠站在远离人群的地方,一个人凭窗而立,眺望着外边的大雨。她抬头看着灰蒙蒙的天空,又露出那像是银河的发旋。我无法控制自己不去注意夏芽,可如果被别人发现就糟了,于是我假装专心看商品,一边用余光悄悄地打量着她。

第二天我去了趟图书馆,专门找《银河铁道之夜》这本书。这书大概挺受欢迎,书架上并排放着好几本不同版本的。我随手拿了一本翻开,昨天天文馆解说员念的那一段就印在第一页。

"如果我们把天河看作是一条大河,那么其中的一颗颗小星星就是河底的粒粒石砂。"

夏芽只听了这一段就知道出自这本书。

我选了最大最厚的那本《银河铁道之夜》,把它借回了家。躺在床上翻开书,一股气息扑鼻而来——新书总是多多少少有点微微酸甜的奇妙气味。这是个怎样的故事呢?光是想想就让我很兴奋,心跳也跟着加快了。可惜我并不擅长读书,最后也只是闻了闻味儿,一周到期后就把它还回去了。

第二章

自上次参观天文馆过去一个月了。七月的第一个星期六,上午的课上完,我没有像往常那样在路上逗留,而是直接回了家。一到家,就看见妈妈正在起居室招待陌生客人。那是一位和妈妈年纪差不多的阿姨,带着一个小孩,看上去像是她女儿。起初,那个女孩背对我坐着,看不到长相。听到动静,她突然转过头来,那张脸让我一时忘了呼吸。

是夏荠。

这么说来……

我想起来了,那天她没来学校。那她是什么时候到我家来的?

更重要的是,她为什么要来我家?

过了一会儿,那个像是夏荠母亲的女人先走了,只留下夏荠一个人。妈妈重新介绍我们认识。

"好啦,这是及川夏荠,这是典道。你们两个应该认识吧,我记得你们是在一个班的。典道,夏荠今晚要住在我们家,你跟人家好好相处哦。"

咦,真的假的?!

我有点不知所措。这到底是怎么回事?简直一头雾水。

夏荠坐在走廊上,看着院子里的紫阳花,留给我一个看不出任何情绪的背影。突然,在这个待惯了的家中,我没来由地感到一阵别扭。为了转移注意力,我开始不停地吃配茶的花林糖。这时妈妈回到起居室,一只手里拿着钱包和准备去邮局寄的包裹,应该是要去买东西。

"典道,你陪她在屋里玩吧,我去买点东西。夏荠,今晚想吃什么?"

"嗯……"夏荠有些犹豫。

"有什么不喜欢吃的吗?"

"……我不太吃鱼。"

妈妈一时语塞:"不吃鱼?那你在这儿恐怕住不惯吧。"

我们这儿是个渔业城镇,我家就经营着一家渔具店,捕鱼好手们几乎都来光顾过。住在这儿的人根本不需要买鱼,附近的渔夫总是送来很多鱼和水产品,吃都吃不完。对不吃鱼的人来说，要在这里生活确实是很为难啊。

"那吃咖喱怎么样？"

"没问题。"

咖喱饭是妈妈最拿手的菜，但是复杂一点的海鲜咖喱就不行了。不过夏芥也不吃鱼，那今晚肯定是吃肉，这么一想还有点感谢她。

妈妈出门之后，这屋子感觉越来越不像是自己家了，整个房间陷入一片尴尬的沉默。桌子上放着两只玻璃碗，一只空着，另一只里面装着半个白桃，沁在果汁里，看上去特别美味。这是我最爱吃的东西。

吃不吃呢？不行，还是算了。

其实那时的我还是个不怎么讲究礼节的小馋鬼，不管在男生还是女生面前，只要有好吃的都会忍不住偷吃。可是不知怎么，一到夏芥面前我就变得束手束脚，根本自在不起来。更何况，现在她背后正散发出拒人千里之外的负能量，充斥了整间茶室，我被一步步逼退到厨房的冰箱附近。

不过话说回来，冰箱里说不定还有剩下的桃子。

我这么想着打开了冰箱，如我所料，一个盖好的玻璃碗里装着一只被切成两半的白桃。于是我端着碗悄悄逃回了二楼自己的房间。

虽然妈妈要我陪她一起玩，但果然是做不到啊，暂且先在这里躲躲。我直接用手抓起白桃往嘴里送，结果不小心手一抖，滑溜溜的白桃掉在了地上。

啊，可恶！

我又抓起剩下那块，小心地放进嘴里。

真好吃啊！

我一边嚼白桃，一边捡起掉在地上的那半块，心想如果扔垃圾桶里肯定会招来蚂蚁，于是把它从窗户丢了出去。白桃掉在了后院的草丛间。这时，一股拒人千里之外的气息涌入了房间。

"你把什么扔了？"

突如其来的声音吓了我一大跳，白桃汁从鼻子里喷出来，我被呛得拼命咳嗽。夏荠正站在门边。可明明没有听到脚步声，她是怎么上来的？

"咳！咳！"

我止不住地咳嗽，根本没法回答她的问题。

"你没事吧？"

夏芽走过来拍我的背。我一回头，发现我俩之间的距离近得不可思议。这下我咳得更厉害了。突然，桃肉渣卡进了鼻腔的某个位置，我一个接一个地打喷嚏。

"脏死了！有东西从你鼻子里喷出来了。"

夏芽指着我大笑，让我又羞又恼，脸烧得快要冒火了。这大概是对我贪吃白桃的诅咒吧。我不停地打着喷嚏，夏芽不停地笑，最后我也跟着笑了起来，一边打喷嚏一边笑。

夏芽好不容易止住了笑，径直爬上双层床的上铺。那儿乱七八糟地堆着皱巴巴的床单、睡衣和《少年JUMP》*。

"哇，好乱！"

---

* 《少年JUMP》，目前日本发行量最高的连载漫画杂志。

"喂喂!别瞎看啊。"

"你有兄弟?"

"没有啊。"

"那为什么是双层床?"

"啊,这个嘛,就是备着等有弟弟的时候用啊。"

"真奇怪。"

不过,在她面前丢几次脸似乎也不是什么坏事。我现在放松多了,反正那样的床都被她看到了,怎样都无所谓了。

我干脆单刀直入地向她发问。

"你为什么要住在我家?"

"嗯?不知道,我爸妈安排的。"

"为什么是我家?"

"不知道。"

"你妈妈和我妈妈之前认识?"

"不认识吗?不都是家长。"

"话是这么说,但也没见你们来我家喝个茶什么的。"

"那我就不知道了。"

"你住在这儿,那你妈妈呢?她去哪儿了?"

夏荠无视了我的问题,从梯子上下来钻到下铺的床上。这儿本来应该乱糟糟地扔着我的玩具,现在收拾得干干净净,空无一物,应该是妈妈打扫过。但是她为什么只打扫这块地方?

要过夜的话,夏荠该不会睡这儿吧?

瞬间,一波难以体察的冲击席卷而来,我全身都僵住了,不对,是全身都热血沸腾起来。而现在,夏荠就随意地躺在这张空床上,立着膝盖。我一眼瞟到她短裙的下摆,赶紧移开视线。

远处有蝉在鸣叫。

"马上就要放暑假了呢。"

我撕下一张日历,四角对折后扔进垃圾桶。新的一页是七月和八月——从头到尾被暑假占领的两个月。这么一想,就觉得特别没劲。

我随口就说了出来:"暑假多没劲啊。"

"暑假还没开始呢。"

"话是这么说……"

话茬儿就这么断了。不经大脑的话总是容易招来不必要的沉默,我只好呆望着七月八月的日历。今天是七月三号,下周六是十号,之后那个周六是十七号,再下个周六是二十四号,再下下个周六是三十一号。七月三十一号是例行的返校日,也是烟花大会的日子。今年在周六举行的话,现场肯定很拥挤。正想着这些有的没的,夏芥打破了沉默。

"……我妈妈,今天要和爸爸谈判了。"

"谈判?"

"具体不太清楚……他们要离婚了吧,一定是这样。"

离婚。

又是一阵沉默,这沉默比刚才压抑得多,像是再重重一挤就要崩溃了。不知怎么的,我脑海里浮现出被摔烂的西瓜,就是有时会在路边看到的那种,不知是从瓜农卡车里掉出来的,还是谁往家里搬时没拿住滑掉的。摔烂的西瓜是没法再给人吃了,却会成为蚂蚁苍蝇之类昆虫的食物，说不定独角仙也会来吃。再可惜，再遗憾，再残忍，也不过是路边摔烂的西瓜。听到"离婚"这个词的时候，我一句玩笑话都说不出来，能想到的最贴切的画面，就是摔烂的西瓜。我看着窗外的天空，傍晚时分黑云迫近，像是要下阵雨。

再次打破沉默的还是夏荠。

"那是什么？"

夏荠指着书桌边的那面墙，上面挂着一幅立体的日本地图。这是小学三年级时用纸浆黏土做的，当时我还挺得意，所以这三年一直把它挂在墙壁上作装饰。因为放久了的关系，半岛的部分有些残损，北海道、淡路岛、佐渡岛、四国、冲绳甚至完全掉没了，只剩下笔描的翠绿色的边显示着岛的存在。地图沐浴在夕阳下，纸被阳光晒得发黄，日本看起来就像一根干黄瓜。

"虽然现在破破烂烂的，但这之前可是拿过奖的，鼓励奖呢。"

"什么啊，就鼓励奖？"

"好笑吧。"

"不会啊,没什么好笑的。"

这话真没法接。

"这个能当双陆棋玩哦,要玩玩看吗?"

"嗯,好啊。"

我把模型从墙上取下来放在地板上,用小块的橡皮当棋子。猜拳夏荠赢了,先摇骰子,摇出来六点。

"然后要怎么办?"

"那就从东京出发,向九州前进吧。"

夏荠拿着橡皮的棋子往前走,因为模型上没有标识详细地名,我只好一个一个报出来。

"东京、新横滨、小田原、热海、三岛。"

其实我也没有故意显摆知识,但是有点担心夏荠会这么认为,结果她根本没在意。

"你为什么要做这个?"

"我喜欢社会科学呀。你呢,你喜欢什么科目?"

"没有,我讨厌学校。"

"……这样啊。"

"你竟然喜欢学习?太奇怪了。好了,到你了。"

"啊,好吧。"

摇骰子,三点。东京、新横滨、小田原。

"这游戏好无聊。"夏荠说。

确实是这样,毕竟是小学三年级时做的游戏,也没下什么工夫去考虑趣味性。

"下将棋吗?"

"正好有将棋。"

"来下将棋吧。"

"嗯。"

我打开壁柜,果然之前摊在床上的玩具都被塞在这里了。我从中抽出来一套将棋,在地板上铺开。夏荠好像不太知道棋子怎么摆,至于下法就完全不懂了,甚至把银将当桂马走。于是我不得不开始教她。这根本算不上是对弈了,夏荠很快就对将棋也感到厌烦起来。

"扑克牌什么的有吗?"

"玩扑克吗?我还有黑白棋。"

"黑白棋的话我会。"

我把立体模型和将棋丢到一边,从壁柜里找出黑白棋。夏荠玩黑白棋很厉害,对弈开始时我还能和她较量一番,但最后还是输了。第二第三局也一样输得很惨。我有点后悔,早知道这样就接着玩将棋了。第四局开始时,妈妈回来了,厨房里传来购物袋摩擦的声音。看了一眼窗外,太阳已经完全落山了。结果第四局还是输了,我要挑战第五局,夏荠接受了。现在回想起来,当时夏荠心里应该难过得要死吧。虽然我对夏荠突然过来住有点不知所措,然而相比之下,她可是突然被父母丢到了陌生人家里过夜,心里得有多难受不安啊。但那时的我却沉浸在黑白棋对弈里,一心想着打发掉难挨的时间。那时的夏荠,会不会也是这么想的呢?突然,窗外刮过一阵大风,傍晚的雷阵雨"哗"地落了下来。我急忙把窗户关上,然后继续对弈。

过了一会儿,厨房里飘来了咖喱的香味。

咕噜噜噜噜……

我的肚子叫了起来。

"扑哧。"夏荠笑了。

咕噜噜噜噜……

夏荠的肚子也叫了。我俩忍不住一起笑了出来。这局也是夏荠赢了。

"吃冰激凌吗?"

"嗯?"

"你不饿吗?"

"可是一会儿就吃饭了。"

"话是这么说。你真不吃?"

"嗯……有的话还是吃吧。"

"有草莓味和巧克力味,你要哪个?"

"草莓。"

"那我吃巧克力的。稍等一下。"

我快速跑下楼梯冲进厨房,激动地问妈妈:"话说,及川住我们家的话,她睡哪儿啊?"

"睡客人用的床呀。"

"哪有这样的床啊。"

"就是你房间双层床的下铺呀。"

"那根本不是客人用的床吧!"

"有客人来的时候就是客人用的床啦。"

"为什么?松户叔叔来的时候不是睡客房吗?"

"那干脆你去客房打地铺?那样岂不是会让夏荠觉得你讨厌她?啊,浴室的水热了,快去泡个澡,也叫上夏荠。晚饭七点开始。"

"只剩二十分钟了,一个人就泡十分钟啊。"

"一起泡不就行了。"

"开什么玩笑!这根本不可能啊!"

"为什么?你不是跟松户叔叔还有鹤见来的清叔叔都一起泡过澡吗?夏天的时候还一起在浴缸里玩来着。"

"不要再说了,我不泡了。"

"那你告诉夏荠,让她去泡澡吧。"

我赌气地转身回二楼了。夏荠随意地躺在地上,擅自拿了我的漫画书在看。

"嗯?冰激凌呢?"

"啊?……啊!"我完全忘了这回事了。

"那个,可以去泡澡了。"

"你先泡好了。"

"哎?还是你先去吧。"

"我正看漫画呢。"

我看了一眼她手里的书,是《龙珠》。

"前面的部分不用看了,赛亚人出场之后才有意思。"

"哦……"夏荠专注地看着漫画,头都没抬。

"那我先去泡了。"

我又下楼,去了浴室。猛地跳进浴缸后,我突然一阵心跳加快。刚才的对话在脑中反复回放。

"你先泡好了。"

"哎?还是你先去吧。"

那个时候,如果我没有说"哎?还是你先去吧",而是回答"我们一起去泡吧",那会怎么样呢?要是夏荠答应说"好啊",那现在不就是我们两个人一起泡澡了吗?我这么想着,感觉就像真的在两个人一起泡澡。一种难以言说的、不可思议的感觉油然而生。这时突然传来百叶窗拉动的声音,有人进了更衣室。是夏荠吗?

"你要泡到什么时候?该吃饭啦。"

是妈妈。从浴室出来的时候有些头晕,不知不觉竟然泡了二十多分钟。

我在洗脸池里接了些水,从头上浇下来,这才感觉清醒了些。就这么冲了两三次冷水,洗完身体之后出了浴室。妈妈和夏荠面对面坐在餐桌边,正在吃咖喱饭。我的咖喱被摆在夏荠旁边,只好硬着头皮坐过去,拿起勺子吃饭。我实在太在意夏荠了,心脏又开始狂跳,头昏脑胀的,脸也烧起来。我盯着咖喱,翻动着里面切成块的肉,然后用勺子舀起咖喱,轻轻吹着气,心里拼命地自我暗示:冷静一点,冷静一点。就这么一遍又一遍地吹气。

"你干吗要这样一直吹啊,没那么烫吧。"

完全不懂儿子心思的老妈说了句多余的话。现在回想起来,记忆里那天的咖喱味道只剩下生嚼芹菜般的苦涩。我勉强吃完了咖喱饭,回到房间躲在上铺翻开了《灌篮高手》第一卷,一点儿也不想出去。

楼下妈妈好像在告诉夏荞怎么用浴室,隐约传来"毛巾就用这个""替换的衣服有吗"之类的说话声。夏荞回到我的房间,拿了自己的包又出去了。包里应该装着内衣之类的东西吧。不久,浴室传来"哗啦哗啦"的水声。

接着又听到爸爸回来了。这脚步声像是在哪儿喝了点酒的样子,说话语气还挺开心。"现在还不能去浴室。"妈妈这么说,接着像是在跟爸爸讲今天的事情,故意压低了声音,内容听不太清。然后妈妈拿着被褥上来,在下铺给夏荞铺床。

"你觉得夏荞怎么样?"

"什么怎么样?"

"怎么样就是说……你有没有好好陪她玩?"

"有啊,我们下黑白棋了。"

"还下了双陆棋和将棋?"妈妈大概是看到了地上还没收起来的玩具。

"下了一小会儿。"

"是她妈妈突然打电话来拜托我的。"

"你们之前认识吗?"

"以前在PTA*上见过一次,但没有说过话。电话里还是第一次说话呢。"

突然被拜托收留夏荠,让妈妈也吓了一跳。

我又想起了被摔烂的西瓜。

妈妈刚下楼,就听见夏荠对她说"谢谢您"。然后是轻微的脚步声,夏荠上楼来了。这破木楼梯明明一踩就嘎吱作响,她是怎么做到只发出那么小声音的?真不可思议。夏荠一进房间,气氛就完全变了,我不由得深吸一口气。刚出浴的夏荠身上散发出一种我从来没有闻过的香味,直抵我的大脑深处。她轻轻地作了一下睡前准备,最后躺到了床上。

她就睡在我下铺。

---

* PTA,Parent-Teacher Association缩写,即家长教师联谊会。

这让我有点口干舌燥。

她应该已经闭上眼了吧,但总觉得她炯炯的目光透过床板直盯着我的后背,这感觉真糟糕。我目不转睛地继续看《灌篮高手》。

"我可以关灯吗?"

"嗯?哦哦。"

突然被她这么一问,我下意识就同意了。夏荠起身时上铺的床跟着晃了一下,接着传来"咔嗒"一声。怎么回事?我转身去看,夏荠就站在上铺的正下方,头顶是日光灯,我们之间的距离出乎意料地近。再往下看,立体模型上富士山的部分瘪下去了。

"抱歉,踩到了。"

"啊,不要紧的,没事。本来就打算丢掉了。"

"对不起。"

然后夏荠拉下日光灯的开关绳,房间陷入了黑暗。啊,本来想说还是晚点再关灯的,这样就没法看《灌篮高手》了。

接下来等待我的是更加残酷的夜晚。睡不着,天还热,加上泡澡泡得头昏脑胀,咖喱又吃多了,全身上下都汗流不止。最要命的还是及川夏荠就睡在下铺,时不时就有阵阵芳香飘上来。这简直就像做梦一样,但根本不是梦啊。啊,睡不着,完全睡不着,我躺在床上辗转反侧。不过到底是小孩子,最后,还是在不知不觉中沉沉睡去了。

夏荠怎么样了?她睡得好吗?

这些都不得而知。

第三章

睁开眼睛的时候,窗外有些蒙蒙亮了。依然昏暗的房间里隐约能看见一个人影。仔细看了看,是夏荠坐在立体模型前。我从床上起来,夏荠却毫无察觉般一动不动。

"你在干吗?"

"睡不着。"

"……嗯?"

难道她完全没睡就这么熬了一夜?几点开始就这么坐在那儿了?夏荠抬起手,指尖沿着模型滑动,一边念出途经的地名。

"东京都、千叶县、茨城县、福岛县、宫城县……这里是……?"

"岩手县。"

"……岩手县、青森县、北海道……北海道县?"

"北海道是道啊,道。"

"全都是没去过的地方。"

"如果有机会的话,你想去哪里?"

"哪儿都不想去。"说完夏荠就躺回床上。

"抱歉,把它踩坏了。"

"没关系啦,你又不是故意的。"

"我就是故意的。"

"嗯?……为什么?"

夏荠没有回答。

院子里的树上有鸟儿在叫,我重新躺下打算继续睡,可是已经睡不着了。我放弃了,爬下床出门,就这么把夏荠一个人留在房间里。

东边的天空已经大亮。从家里跑出来也没什么事可做,一边闲逛着,自然而然地就朝镇守森林的方向走了过去。那里有用来抓独角仙和锹形虫的荧光灯。以前我每天早上都到这儿来,几乎从不会空手而归,如果抓到锯齿锹形虫能高兴一整天。这次已经很久没来过,觉得森林的氛围都有些变了。柞树依然分泌着树汁,但全都干在了树干上。树干附近有几只黑色的虫子,本以为是雌性锹形虫,结果却是蟑螂。怎么会变成这样?感觉自己就像被抛弃了,森林也完全丧失了原有的魅力。难道树木不是为了让我们这些孩子开心，才分泌树汁吸引虫子的吗？事实上并不是这样，这么一想，就感觉森林完全失去了生机。

于是我决定到水渠搜寻一番，心想要是能抓到一只小龙虾就回家。转悠了一会儿，发现有一只黑色的小龙虾一动不动地待在浅滩处。我不太确定能不能抓到它，但就这么过去的话肯定会弄脏运动鞋。以前光着脚在泥里乱跑也觉得没什么，现在却不想这么做了。老天保佑，小龙虾得以度过一个和平的早晨。没心情抓小龙虾了，在这儿继续溜达毫无意义。现在离早饭时间又还早，无所事事地闲逛着走到诱蛾灯下，发现在无数飞蛾和黑尾叶蝉的尸体中，竟然有一只活着的锹形虫。

哇，真是好运！

我赶紧把那家伙抓住，它发达的上颚有着像法拉利一样优美的曲线，这可是难得一见的极品啊。但不知道为什么，我却没有了从前的兴奋感，想不起自己过去为何执著于这种东西。可不知怎么，我就突然想起了昨晚洗发水的芳香，想起了夏荠。差不多该回家了,该和夏荠一起吃早饭了。但那样肯定又会变得呼吸困难、心跳加速。啊啊不想回家,不想回家啊。干脆离家出走算了。但又想回家,想和夏荠一起吃饭。在这样的矛盾纠结中,我最后还是走向了回家的路。

到了家,站在后门口犹豫着要不要进去,没想到身后突然响起了妈妈的声音。

"咦,夏荠呢?"

"啊?不知道。"

"去哪儿了呢……"妈妈好像已经在外面找了一圈。

"不知道。"

我率先跑上了二楼的房间,夏荠真的不在。这时妈妈也上来了。

"确实不在吧。"

"包也没了。"

"怎么回事呢?"妈妈很担心,我也不安起来。慎重起见,我们在浴室和后院也找了一圈,夏荠确实不见了。

"是不是回自己家了?"爸爸漫不经心地说。

"典道,你去好好找找。"

"啊——上哪儿找啊?"

"这附近啊。"

"唉——真麻烦。"

我一副很不情愿的样子跨上自行车,出门去找夏芽,但心里其实还是担心的。昨天关于立体模型的事在脑海中一闪而过。

"有机会的话,你想去哪里……"不会吧?!

但是,夏芽要是真打算玩失踪,以这个镇子的规模,总觉得我们根本找不到。

如果她去过我散步的地方,那我们应该会在路上撞见,所以肯定没去那儿。

……是去海边了吗?

我骑着自行车往海滩找去,如我所料,夏芽正一个人走在海边的自行车道上。

"喂,你在干吗呢?"

"我在走路呀,散步。"

"……大家都很担心你啊。"

"没人会担心的。"

"超担心的。差不多该回家了。"

"为什么?只是散散步不行吗?"

"你要去哪儿?"

"就这么往前走。"

"走到哪儿去?"

"不知道。"夏荠突然停下脚步,冷不防跳上我的自行车后座。

"你送我。"

"去哪儿?"

"就这么往前,一直走。"

朝夏荠指的方向看去,海岸线伸向无尽的远方。这可是九十九里浜啊!我们在九十九里浜的最北端,背后的刑部岬到太东岬之间,是绵延不绝的六十六公里海岸线。这距离比马拉松赛道还要长。就这么一直骑?但不管怎样,我还是载着夏荠蹬起了脚踏板,像是一心要逃走的鱼,拼命挣扎着想扯断鱼线。目前来说，像鱼一样往前冲才是正事。虽然这么说服自己，但实际上，我或许只是想和夏荠多待一会儿。

天空一扫昨日的阴霾，此时一片晴朗。太阳高照，海面反射出闪闪波光，十分耀眼。我们和走在路上的渔夫们擦肩而过。

"你钓鱼吗？"

"不钓。"

"很好玩的。"

"我讨厌鱼。"

"对哦，是这样啊。"

找不到什么共同话题了。

"你有什么爱好？"

"爱好？干吗问这个？"

"没什么，就问问嘛。"

"钢琴。"

"哇，你会弹钢琴啊。"

"但也不是因为喜欢才学的，算不上爱好吧。"

"不是挺好的嘛，暂且就当是爱好呀。"

"钓鱼有什么好玩的?"

"嗯……怎么说呢,钓到鱼的时候会有成就感。"

"是想着'真好吃啊'这样?"

"嗯……也不是这样,不过确实挺好吃的。"

"那钓鱼的时候呢?不是想着'真好吃'吗?"

"并不是。"

"那是觉得很酷?"

"鱼?一点儿也不酷啊。"

"那你是怎么想的?"

"嗯……鱼不就是鱼嘛。"

"那如果是钓到香蕉、黄瓜什么的,也会有成就感吗?"

"不,这种感觉只能是钓鱼才有。钓香蕉、黄瓜一点儿也不好玩。你到底想问什么?"

"不懂哪里有意思。我就是讨厌鱼。"

"为什么讨厌啊?"

"讨厌鱼鳞。"

"啊,这个我懂,我也不太喜欢。"

"让人很不舒服。"

"对啊没错。"

"眼睛一直睁着。"

"啊,确实是。"

"所以啊,钓这种东西哪里好玩了?"

"嗯……该怎么说呢。"

"钓到巨型蚯蚓也会开心吗?"

"才不要那种东西啦。"

"喂,所以再讲明白一点儿啊。"

"你到底想问什么?"

"就想问钓鱼的乐趣在哪里。"

"啊,是这样吗?"

"你有好好听人讲话吗?"

"听着呢,可搞不懂啊。"

身边经过一对带着渔具的父子,虽然不认识,但我突然意识到,现在这个样子要是被同班同学看到怎么办?要是在班上流传开就一发不可收拾了。这么想着,我赶紧四下张望,身边一有人经过就尽量把脸藏起来。心里有点郁闷,脚踏板越来越重,背后已经被汗水湿透。即便如此我还是拼命骑了二十多分钟。这时夏荠突然说:"停车!"

自行车还没停稳夏荠就跳下了后座,向大海跑去。我好不容易在沙滩上停好车,从后面追上去。夏荠脱了鞋子站在岸边,白色的浪花带走了沾在她雪白脚上的沙粒。我也脱了鞋,脚一浸入海水,那阵清凉就让我恢复了力量。

夏荠提着裙摆,和海浪追逐嬉戏着。我在一旁捡贝壳打发时间,一找到合适大小的贝壳,就朝涌上来的海浪扔出去。我们把这叫作"打水漂"。如果扔的角度合适,贝壳能在水面上弹跳三四次。回过神来时,才发现夏荠不知什么时候起也在我旁边捡起了贝壳。捡起来拂去沙子,再瞄准角度扔出去,不过夏荠似乎并没有打算"打水漂"。

终于,夏荠开口了。

"我妈妈年轻的时候,有别的恋人哦。结婚前一天本打算和那个人私奔……但是最后妈妈因为害怕而放弃了,爸爸至今也不知道这件事。"

私奔……当时我还不太懂这个词的含义,暂且理解为大人的什么不太好的事吧。

"这些是妈妈以前的恋人告诉我的。"

"咦,你竟然认识那个人?"

"因为他就是爸爸的弟弟啊,现在是我叔叔。"

"咦——像电视剧的情节一样。"

"这是常有的事。所以说我爸妈是彼此之间完全没有爱的夫妻,从一开始就是。"

"……所以他们要离婚?"

"不知道。"

夏荠捡起一根漂在水上的木条,在被打湿的沙滩上画着什么。

"那是什么?"

"北海道。"

"咦?"

那只是个椭圆形而已。

"北海道是这样才对。"我拿过木条画了一个形状。

"哇！厉害！不愧是能做立体模型的人。那，你再画个本州吧。"

于是我又画了本州以回应她的期待。

"接下来是哪儿来着，冲绳？"

"在那之前是四国和九州啦。"

我在萨摩半岛下面画上了奄美大岛和冲绳，还有佐渡岛、淡路岛和对马也画了上去。我大概是想显摆一下自己的知识，可夏荠完全不在意这些。

"喂，日本有多少人口？"

"人口？有一亿左右吧。"

"一亿人……"

夏荠转过头去用手里的木条在沙滩上戳洞，嘴里嘟囔着什么，像是在数数。

"这是在干吗呀？"

夏荠停下来想了想，很快又继续往下数，一边数一边接着在沙滩上戳洞。我也学她的样子，边数数边用木条在沙滩上戳洞。

"喂，你数数声音小点啊。我都不知道数到哪儿了。"

两个人数数的声音和戳在沙子上的唰唰声相互重叠,相互竞争,越来越快,仿佛在进行什么奇怪的仪式。最后我俩都筋疲力竭,一屁股坐在沙滩上。

"正好五百。"

"我数到七百四十。"

夏芽跟跟跄跄地站起来,又戳了十个洞,开口道:

"七百五十。加上你的是多少?一千二百五十。一亿是这个的多少倍?"

"……喂,这我可心算不来啊。"

"那你笔算看看。"

"啊?"

我在沙地上列了除法式开始计算。

"一亿除以一千是……十万……差不多是这个的十万倍吧?是刚才数的再重复十万次。"

"哇!怎么会有这么多?"

"我怎么知道。"

我们又重新开始捡贝壳。

其实我不怎么了解夏荠。她的想法、她身处的环境，光是想想这些就觉得既为难又费劲，所以我决定不去想了。现在想来，那或许是小孩子本能的自我保护吧。无论她和她所面临的困境如何，都超出了年幼的我所能理解的范围，是个过于遥远的世界。

"喂，快看，看这个！"

夏荠手里有一颗像是珍珠的珠子，不过比珍珠大多了，差不多有高尔夫球那么大。通体呈乳白色，比珍珠稍暗一点，反射出七彩的光。

"好漂亮！"

夏荠把它放在阳光下，海风轻轻扬起她的发丝。

"许愿的话说不定会实现哦。"

夏荠闭上一只眼睛，另一只眼睛眯成缝，像凝视宝石一般看着它。

之后我们继续骑上自行车往前走了一点，在路边便利店买了冰激凌吃。她的是草莓味，我的是巧克力味。

吃完冰激凌之后,夏芥一脸轻松地说:"回去吧。"

便利店前面就是公交车站,夏芥搭乘下一班车回自己家去了。我终于稍稍放下心来。

第四章

七月三十一日,星期六。清早就是个大晴天。

这一天是返校日,也是举行烟花大会的日子。

作为PTA的志愿者,妈妈去了文化馆的义卖会上帮忙。爸爸往年都是在海边喝着啤酒欣赏烟花,今年也终于轮到他被叫去做工作人员。这让他很是郁闷,因为在文化馆里就完全看不到烟花了。

返校日不用带课本,只要带上室内鞋就行了。我的室内鞋洗过之后就一直晾在走廊上,有点发硬。我把鞋子塞进包出了门。尽管才早上八点,外面已经酷热难耐了。夏蝉在树上拼命地叫,我迈开步伐跑起来。其实时间还早,完全没必要用跑的,可能是太久没去学校了有些兴奋,又或者是在为能见到夏荠而高兴,总之我激动得要命,心急难耐,一路赶超低年级的小破孩们,朝学校跑去。在邮局附近,我追上了林纯一和笹本稔。

我从后面用胳膊猛地勾住纯一的脖子,和他打招呼:

"嘿!"

纯一往前一个踉跄，险些摔倒，努力站稳后转身就是一记飞踢。我本打算用肩膀抵挡他的反击，却没料到他会攻击下盘，结果一个跟头重重地摔在地上。

"啊，抱歉。"

我被吓了一跳，纯一更是被吓了一大跳。

"好痛！"

我从来没想过有一天竟然会被纯一放倒。纯一比我们大一些，一直都在身后像对待亲弟弟一样照顾我们。我、纯一还有稔从幼儿园开始就同级，从前稔是头儿，上小学之后他就没怎么长个儿了，不过还总是端着架子。到三年级的时候，我们都觉得总像个孩子一样吵吵闹闹的稔该消停了吧，结果一直到六年级，他那副狂妄自大的样子也没变。周围的人全都当他是个熊孩子。

班上最早开始长个子的是纯一。其实五年级时我们之间的差距并不大，可一到六年级，他就猛地蹿起了个儿。不过那时，他本人或许还没怎么注意到这点。升初中时正值青春叛逆期，他变得有些暴力，把头发弄得倒竖起来，还染了颜色。直到我们个子都相继超过他时，他还是那副不良少年头头的模样。

最后长个子的反而是稔。他初中三年级时长到了一米九，后来还参加了全国高中篮球比赛。不过眼下，六年级的他还是个只有小学三年级身高的儿童，如果让他打篮球，就算伸直双手踮起脚尖也够不到球吧。

这是我上学期休业式以来第一次见到校门，虽然只过去了一周左右，却莫名地有点怀念。操场上挤满了返校的孩子。

经过校门的时候，我看见佐藤和弘和安昙祐介走在前面。

和弘是五年级的时候转学来的。虽然名字叫佐藤和弘，但他其实是归国子女，父亲是美国人。与其说是混血儿，不如说看上去基本就是外国人，连日语都是从动画片里学的。纯一朝和弘的方向助跑起跳，用一脚飞踹来问候他。这一脚比刚才的更漂亮，和弘整个人都飞了起来，摔在操场上。

"痛死啦！"

和弘气坏了。他本来就是个开不起玩笑的人，这时一边喊着"你这浑蛋"一边去踢纯一，结果被纯一躲开了，自己摔倒在地。我们在一旁没心没肺地大笑起来。兴奋的稔毫无意义地翻了好几个侧空翻，这时一辆自行车经过，差点撞上他，原来是班主任三浦老师。

"喂！不准在这里做侧空翻！"

稔全然没发现自己差点被车撞到。听见斥责声后他突然跑上前，一下跳上三浦老师的自行车后座，顺势偷偷摸了摸老师的胸，然后跑回来。

"我摸到了！"

三浦老师停下自行车怒吼："喂！下流！"

我们又大笑起来。三浦老师重新骑车离开，这时纯一也如法炮制，跑步追上自行车，跳上了后座。纯一体重比稔重得多，这样猛地压在自行车后座上，让前轮翘了起来。三浦老师"啊"的尖叫起来，那个瞬间，纯一趁机把手从三浦老师腋下伸过去摸到了她的胸部,然后逃走了。三浦老师再次停下自行车怒吼。

"喂!"

纯一傻笑着走回来。

"我也摸到了!"

稔本来长得就像低年级学生,他搞这样的恶作剧,我们还能笑他孩子气,可纯一一看就已经过了能做这种事情的年纪。这让我们觉得像是看了什么不该看的东西,而他本人却毫无察觉。

教室里的气氛也有些微妙的变化。看着那些怀念的脸庞,总有种数年后再相见的感觉。大家都有点说不清楚的亢奋,却又好像疏远了一些。只是隔了一周,却怎么也找不回低年级时的天真烂漫了。我们不可能永远是孩子。这样的情绪充斥着整个最后一学年的教室。

夏芥已经坐在自己的座位上,对我全然一副陌生人的态度,就像是在说:那个周六的事情她已经全忘了。

不知何时,旁边的祐介把手搭在我的肩膀上,在我耳边悄悄地说:"我,今天,跟夏茅告白怎么样?"

我吓了一跳。

我跟祐介一年级就认识了,但是直到六年级才被分到同一个班。他家开了一所叫"安昙医院"的内科儿童医院,我们从小在这家医院的关照下成长,因此总有种亏欠感,大家对他也都高看一眼。他一天到晚都把"我要跟夏茅告白"这句话挂在嘴边,却从来没有过任何实际行动。

"就今天怎么样?"

"我一万亿年前就说过了,挺好的啊!"

"所以说需要你帮忙啊,帮我创造点机会!"

他把和弘也叫了过来。

"喂,今天去吗?烟花大会。"

跟在和弘后面的稔轻轻踢了他一脚:"烟花大会那种地方只有小屁孩才去吧。"

纯一一把按住稔小小的脑袋,用手肘夹住。

"你小子,什么时候算是大人啦?"

说起来,去年的烟花大会也是跟这帮人一起

去的。

　　班主任三浦老师拿着实验设备走进了教室，孩子们都乖乖回到各自的座位上。互问早安之后，老师叫坐在窗边的同学拉上窗帘，让大家都聚集在讲台周围。

　　"那么，各位同学，你们知道为什么烟花会有各种各样的颜色吗？"

　　老师点燃了酒精灯，用镊子夹起什么东西放在火苗上。火焰的颜色瞬间变了，一会儿发红，一会儿发蓝，一会儿发绿。教室里响起了一小片欢呼声。

　　"看——火焰的颜色一点一点地在变，对吧？"

　　我躲在祐介身边，用他作掩护偷偷看着夏荠。大家的注意力都集中在酒精灯的火焰上，只有夏荠一个人低着头。她长长的睫毛仿佛把我的心都吸过去了。

　　"很漂亮吧？"

　　老师明明说的是火焰的颜色，我却恍惚以为是在说夏荠。近乎透明的酒精灯上，燃烧的火焰突然闪出鲜红的光芒，映红了老师的脸。这样的火光如果映照在夏芽脸上应该也很美吧，想着想着，我朝夏芽那儿瞥了一眼。

这一瞥吓得我无法呼吸。夏芽正看着我，严肃的目光盯在我脸上，像是要说什么。红色的火焰在她大大的瞳孔中一闪一闪地摇曳跳动，我赶紧心虚地转移视线，心脏狂跳不止。

拉开窗帘之后，三浦老师在黑板上写下"元素"两个字。

"关于元素，将来你们会在初中的化学课上详细学到。不过我希望你们现在就能先记住各种物质的名称。氧、氢是元素，铁、金、铜也是元素。不同的元素燃烧时会呈现出不同的颜色。比如钠、铜、钾，分别会燃烧出不同颜色的火焰，这就是……"

和弘举起手大喊："焰色反应！"

"哎哟，你还挺懂的嘛。"

和弘得意地环视一圈四周，还特别给了祐介一个眼神，仿佛在说"我赢了"。然而祐介完全没有注意到，他一直看着夏荠,而夏荠则专注地盯着自己的桌子。

三浦老师手中的粉笔在黑板上游走,写下"焰色反应"。

"这个,焰色反应,就被应用在了烟花上。为什么烟花会有各种颜色,现在大家明白了吧?"

三浦老师开始给大家发宣传单,孩子们一张一张往后传。宣传单上写着今晚烟花大会的注意事项。

"烟花大会上人员繁杂,大家一定要小心陌生人,不要随便跟人走。希望大家仔细阅读纸上的注意事项,在烟花大会上玩得开心。"

傍晚的时候肯定能和小伙伴们在烟花大会上玩得很开心。当时的我这么单纯地想着。

第五章

下课后，教室开始大扫除。我来到走廊上，看到三浦老师正要回办公室，夏荠追上去，递过一个白色的信封，听不清她说了些什么。老师接过信封后，夏荠便没再说话，低着头转身回教室了。老师一脸不可思议地打开信封，站在原地读信上的内容，露出了惊讶的表情。然后她沉默地折起信纸，放回了信封里。

是什么呢？好想知道啊。我心里有点忐忑不安。

接着，隔壁教室的栗田老师出来了，跟三浦老师打招呼。

"怎么了？那是什么，情书吗？"

"啊？……唔，不是啦。"

老师们向办公室走去，在楼梯口时停了下来。三浦老师把信递给了栗田老师。我假装从他俩旁边路过，不经意地快步跑下楼梯，然后在下一层找了个两人都看不到的死角躲起来。老师们的窃窃私语，都被我听得一清二楚。

"……离婚啊。"

"好像是呢。"

"及川由妈妈抚养是吧。"

"似乎是这样。说是这个月中就要转学走了,那么暑假结束后班上不就少了一个同学?这要怎么跟其他孩子解释啊?"

"也不能实话实说啊。怎么总是这种事,我们又不太好介入。"

我听见三浦老师长长地叹了一口气。

"而且,怎么能让孩子来送这种东西啊。"

这时,祐介突然从厕所出来。

"干什么呢你?"

"啊?"

我一下子蒙了。这时老师们也从楼梯上下来,我为了蒙混过去,便猛地冲向祐介,想给他一招"眼镜蛇缠身固定",却突然忘了该怎么出招,于是只抓起祐介的手,做了一出像是某种奇怪社交舞的即兴表演。不过,两位老师连看都没看我们一眼,径直走向了办公室。被迫陪我表演了这出奇怪社交舞的祐介和往常一样丝毫没有起疑,只是甩开我的手,用上臂夹住我的脑袋使出一记锁头。

"哎哎哎,我投降,我认输!"

夹住我脑袋的手放开了,祐介一边松手一边说:"那个,去不去游泳池?"

"游泳池?"

"大扫除这么累你不想溜?"

"想啊,但是被发现的话会挨骂吧。"

"被发现的话就说正在打扫游泳池不就好了。"

"这样啊,也是哦……"

容易动摇的我,就这么糊里糊涂地被祐介这番强词夺理给说服了。一到暑假,学校的游泳池里总是被撒欢的孩子们扑腾得水花四溅,可今天的返校日却一个人也没有。祐介从仓库里拿出两把清扫刷,一把给了我,另一把自己拿着。这就是他那"假装在打扫"的不在场小伎俩了。

"说到底,返校日到底是来干吗的?完全不懂有什么意义。其实就是让我们来给学校做大扫除的吧。"祐介在发牢骚。

"谁知道。"

我心不在焉地搭着话。心思完全不在这上面。

夏荠要转学了。这样啊,转学……吗?

三浦老师他们的对话在我脑海中一遍又一遍地清晰回放,每回想一次,都感觉心脏被猛地狠狠揪住了,后背涌上一阵阵寒意。这打击太大了,我心里一阵惶惶然,像是背负着无法卸下的重担。再想到自己之前还觉得夏荠很多余,我感到愈发过意不去。

祐介在用自来水冲洗什么黑色的东西。接着他把那东西拧干抖开,原来是一件男式游泳短裤。然后他冷不丁脱下裤子,换上了泳裤。

"你怎么还带了这种东西来?"

"笨蛋,不是我的啊,别人落在这儿的。"

"什么?你经常这么干吗,连是谁的都不知道就穿。"

"知道啊。"

祐介翻出泳裤内衬的标签。

"'四年一班……田中'。是田中的。"

"还田中呢,恶心死了!我绝对不想穿这种东西!"

"你这话说的,就算是把它落在这儿的田中也会不高兴的。好了,来游泳吧。你怎么办?"

"我就只穿了沙滩裤啊。"

"其实还有多的泳裤哦。"

祐介抓起晾在水池那边的游泳衣,在里面翻找着。

"'三年二班,塚本'!你就跟塚本同学借用一下吧!"

祐介说着向我扔来一条泳裤。我没接。

"才不要呢,谁要穿这种东西啊!"

这时,祐介突然一本正经地问:"你怎么啦?"

"啊,什么?"

"总觉得你今天怪怪的。"

"才,才没有呢。"

"明明就有。我说,你是不是想拉屎啊?"

"不想!"

最后,我还是自暴自弃地穿着三年级塚本同学的泳裤跳进了泳池。潜入水下的一瞬间，聒噪的蝉鸣、酷暑的闷热全都消失了，打着漩涡的泡泡、蓝色泳池的水底，仿佛来到了另一个世界。这时背后响起一阵水声，裹挟着水流和气泡朝我涌来，回头一看，原来祐介也跳下来了。他紧紧闭着眼睛，双手双脚胡乱划动着，正想要游起来的样子。我恶作剧地过去抓住他的脚，然后猛地往上一提，于是他一头栽了下去，想换气也没法把头伸出水面。没过一会儿，祐介就像是要溺水了，双脚奋力挣脱了我的手，好不容易才站起来。接着我也把头探出水面，见祐介正被水呛得拼命咳嗽，我大笑起来。

"开什么玩笑啊你，会死人的！"

"抱歉抱歉。倒是你，干吗在水里闭着眼睛啊。"

"傻啊你，不知道氯对眼睛不好吗？"

这时铁门突然发出一阵声响，有人进来了。是老师吗？我俩赶紧慌慌张张地上了岸。

但出现在眼前的，竟然是夏荞。

"打扫完了？"

"啊？没有。"

我还没来得及说什么，祐介就语无伦次地回答了。

"那个，天气好像凉快起来了呢。"

"哦，是吗。"

夏芽捡起刷子默默开始打扫。

"是你啊？负责打扫这里？"祐介问。

"不知道。"

"……你竟然说不知道。"

"别偷懒啦，快点打扫。"

我和祐介面面相觑，不懂她到底什么意思，本来我们也没有义务要打扫这里啊。但是在夏芽散发出的莫名不快的负能量影响下，我和祐介不情不愿地跟着她开始打扫起来。夏芽拿走了一把刷子，我只好又去仓库拿来捞垃圾的网，站在泳池边打捞漂浮在水面的蜻蜓之类的虫子尸体。祐介用握高尔夫球杆的姿势拿着刷子，一杆打飞了一只死去的知了。夏芽已经拿着刷子猛刷起了地板，"唰唰"的声音和蝉鸣交织在一起，仿佛在演奏一支奇妙的协奏曲。不一会儿，声音停了下来，我看见夏荠躺在泳池边，闭着眼睛一动不动，像是睡着了的样子。

祐介凑了过来："喂，现在不就是个大好机会吗？"

"什么机会？"

"跟夏荠表白呀。"

"那你去啊。"

"啧，你帮帮我嘛。"

"烦死了，你自己去啦，不是说大好机会吗？"

"怎么这样！"

祐介朝夏荠走去，在泳池边的步态显得很僵硬。接着不知怎么回事，他突然跳进泳池，"哗啦啦"地扑着大水花又游了回来。

"不行啊，这难度也太大了。"

丢下这句话后，祐介大概是想让脑子冷静一下，又开始了他那不协调的自由泳。他先朝夏荠相反的方向游，笨拙地转了个身后又游向夏荠那头。好不容易到了夏荠旁边，却又一个转身游走了。真是奇怪的

第五章　65

求爱行为。夏荠仍旧躺着,只是从口袋里拿出一条手绢盖在脸上,然后又一动不动了。那样子就像死了一般,让我感到一阵不安。

一阵风把手绢吹了起来。手绢在空中飞舞着,然后落在了泳池的水面上。

"啊!"

我走上前去,用网把手绢捞了上来。是块粉红底白色波点的手绢。

我拿起手绢朝夏荠递过去:"手绢掉了。"

夏荠没有回答。

"这个,我放这里了。"

我把湿了的手绢放到夏荠手边。这时看到有只蚂蚁在她的脖子上爬。

"喂,有蚂蚁。"

"拿走。"

"啊?"

"帮我拿掉啊。"

我小心翼翼地靠近夏荠,尽可能不碰到她地抓走了蚂蚁。

"拿掉了。"

"谢谢。"

夏芽眼睛都没睁地道了声谢。我朝泳池一看,祐介正向这边游过来,于是我悄悄从夏芽身边走开。祐介游到夏芽附近又是一个转弯,向另一侧游了过去。游到底后终于停了下来。

"喂,典道,来场五十米竞速怎么样?"

"哦,好啊。"

祐介一脸诧异地盯着我。

"怎么回事?发生什么了?"

"没有啊,怎么了?"

"怎么感觉你有点开心啊。"

"没什么开心的啊。"

"你往泳池里撒尿啦?"

"才没有。"

"你跟夏芽表白啦?"

"没有啦。"

"你要是敢表白我就杀了你哦。"

"所以都说了没有嘛!"

祐介一直很擅长发表一些莫名其妙的意见,今天的则特别犀利。虽然确实没有向夏荠表白,可刚才和夏荠的对话让我感到有点内疚。

"好了,来吧来吧。"

我站上跳水台,以此掩饰自己的心情。祐介朝夏荠大喊:"喂,夏荠,来给我们当一下裁判吧。"

夏荠没有回答。手聚在头顶像是在看太阳的样子。

"夏荠怎么了?"祐介问。

"啊?我怎么知道。"

"生理期?"

"不知道。好啦,快比赛啦。"

"我要是赢了,你表示点什么?"

"送你最新一期的《灌篮高手》。"

"不行,我已经有了。"

"那,送你下一期。"

"就这么说定了?"

"没问题。"

"好嘞。"

"那如果是我赢了,你怎么着?"

"你赢了的话……"

"对啊。"

"我就去跟夏荠表白。"

说完祐介就擅自先一头扎进了泳池。

"啊,喂!等一下啊!你太狡猾了!"

祐介从水里钻出来。

"骗你的啦!"

"你下次再抢跳就出局哦。"

"真的假的,不就玩玩嘛。"

祐介从水里出来,再次爬上了跳水台。

"真不想让夏荠被别人抢走啊。"

"既然如此,你不管输赢都去表白啊。"

突然夏荠说话了。

"我给你们当裁判吧?五十米?"

夏芽起身向我们走了过来,然后坐在一号跳水台上。

"我要是赢了,你必须去表白。"

我用夏芽听不见的音量在祐介耳边说。

"我要是赢了就给我最新一期!"

祐介反而大声回嘴,故意让夏芽听见。

"你们还打赌了?赌的什么?"

"我要是赢了这家伙,他要给我最新一期的《灌篮高手》。"

"输了呢?"

跟你表白啊。这话我和祐介都说不出口。

"那么,开始吧!"

"是什么啊?"

"快开始快开始!"

"什么嘛。那开始吧,准备!"

我和祐介做好准备动作。

"预备——跳!"

随着夏芽一声令下,我们跳进了泳池。五十米竞速游泳,在二十五米长的泳池里游一个来回。输赢其实都无所谓,我也不觉得自己会输。但是赢了会更好吗?我要是赢了,祐介就要向夏荠表白了。不知道为什么,特别不希望这样的事发生。但是那家伙真的会去表白吗?一直以来不都只是嘴上说说而已吗?

一直这样胡思乱想,根本没法集中精神游泳。但即便如此,我的游泳实力还是远超祐介的。所以祐介为什么要跟我一决胜负呢?输了的话,那家伙就要去表白了。原来如此,他就是为了表白吗?这次他是来真的了?

对了,如果祐介表白的话,夏荠会怎么想呢?如果她接受了的话……

我的大脑一片空白。

等我回过神的时候,二十五米的泳道已经到头了。慌忙掉头,结果距离池壁太近,猛地回身时,脚后跟狠狠地撞在了池壁上,脚踝被拧成了一个奇怪的角度。我试着原地站起来,结果脚一够到池底就不行了。我只好忍着痛,好不容易重新找到平衡,可一蹬池壁,脚踝就传来一阵强烈的刺痛感。应该是扭伤了。等我反应过来,祐介已经不知不觉超过了我,正同手同脚不顾一切地往前游。这游法简直是乱来,但比想象中要快。我那只撞伤的脚没法踩水,即便用没受伤的脚打水也很疼。没办法,只好用手臂划水了,然而这样也还是疼,手臂也没法好好划水。越是着急越游不动,速度渐渐慢了下来。不过等一下,就这样不好吗?输了的话,给他买最新一期《灌篮高手》就行了。可赢了的话,这家伙就要跟夏荠表白了。

我收起力气慢慢减速,把冠军让给了祐介。反正已经输了,不如就在这里放弃吧,但心里又窝着一团火,于是我还是游到了最后。

"痛死了!这次不算,我把脚给狠狠撞了一下。"

接着,我看到祐介正呆呆地看着一个地方。顺着他的视线望去,从墙缝间瞥到夏荠离去的背影。怎么回事?夏荠怎么走了?祐介为什么在那儿发愣?难道就这么一小会儿,这家伙就表白被拒绝了?

"你表白了?"

但是祐介摇了摇头。

"我开口之前她就回去了。"

搞什么啊,原来是这样。不过这也确实是夏荞的风格。我这么一想,觉得稍微安心了些。

第六章

铃声响起,放学时间到了。我和祐介把擅自借来的那两个低年级同学的泳裤脱下来扔在一边,换上自己的衣服离开了泳池。学校里只零星剩下几个还没回家的孩子。我们突然感觉像被抛弃了一样,赶忙从走廊一路奔向教室。本以为大家都走光了,但在走廊上就听到了说话声。是纯一、和弘还有稔。

纯一一看到我们就问:"喂喂,你们说,烟花从侧面看的话,应该是圆的,还是扁的?"

还以为他们在聊什么呢,原来是说天上的烟花啊。从侧面看是圆的还是扁的?我从来没想过这种问题,不过感觉像是扁的。刚想这么回答,还没开口,祐介就抢先回答说是圆的。于是我问他们正确答案是什么。结果大家的意见也不一致。纯一认为是扁的,和弘认为是圆的。我突然觉得和弘和祐介所持的圆的观点好像比较对。但是稔却说自己见过扁的烟花。

"是真的啦。去年我在乡下爷爷家看的烟花大会,从院子里看过去就是扁的。爷爷当时还说那边的角度不太好。"

"嗯,爷爷说的肯定不会错的。"

纯一赞成稔的说法。于是和弘说那就打赌。关于赌什么大家也争论了好一会儿。最后,大家一致同意了纯一的提案:输的一方要承担赢的一方的全部暑假作业。但是要怎么判断烟花到底是圆的还是扁的呢?必须从侧面看过烟花才知道。和弘想了一个办法,用贴在教室里的地图向大家解释了一番。

"灯塔这儿,你们看不是就在海的正侧方吗?所以这个地方,不就正好能从侧面看到烟花吗?"

是不是傻啊,难得的烟花大会,竟然要为了这种鸡毛蒜皮的事大老远跑到灯塔去。说实话,我当时心里就是这么想的。可没想到,祐介接过了话茬儿:

"走吧走吧!怎么样?大家一起去一起去啊,不觉得很有意思吗,对吧!"

纯一觉得比起暑假作业,去灯塔什么的根本不算事儿;稔为了证明自己的经历属实也很积极。我其实并不想去,因为心里还打着别的算盘——夏芽说不定会来烟花大会,也许能遇见她。但是如果去灯塔就要错过这个机会了。可伙伴们已经完全沉浸在这场计划中,这样一来也不好拒绝,我没法把"想一个人去烟花大会"这种话说出口,于是只能跟大家一起去灯塔了。

从学校出来不远处有个三岔路口,大家在这里先解散了。回到家,我看见店门口挂着"本日暂停营业"的牌子。爸妈去义卖会帮忙了,也就是说家里没人。我这么想着上了楼梯,打开自己房间的门。屋里冷不丁有个人,我吃了一惊。

"啊,吓我一跳!"

"哟!"

是祐介。

"'哟'个屁啊,干什么呢,你小子!"

"你啊,后门的钥匙就那么插着。太不小心了,你应……"

"所以呢,你就这么大摇大摆地进来了?这么说很难让人信服啊。"

"哪有,我老老实实说了'打扰啦'才进来的。反正你这家伙五点前不都没什么事吗?哎,巧了!我五点之前也有空。"

祐介拿起手边的苹果汁——放了好多天,上面已经漂着霉点了——拧开盖子就喝。

"喂!那个过期了!"

话说出口的时候他已经喝进嘴了,还是晚了一步。祐介把果汁喷得满屋子都是。

"你早说啊。"

我把纸巾盒扔给他。

"对不起。"

祐介极不情愿地用纸巾开始擦地板,我也过去帮忙。总觉得哪里怪怪的,他整个人都有点心不在焉的样子。果然是那个时候被拒绝了?在游泳池旁边,我还在水里的时候?所以他现在应该是强忍着没哭出来吧。如果真的被拒绝了,现在会是什么样的心情呢?有种想问问他的冲动,但又觉得祐介有点可怜,实在没勇气跟他问出口。

集合时间定在五点,我们俩靠玩游戏打发时间。

夏荠要转学了。知道这件事的大概只有我吧。要是告诉了祐介会怎么样呢？他应该会很受打击吧。加上之前表白被拒，那就是双重打击了。同样都是受到很大的打击，可我为什么对别人的事情就完全不在意呢？祐介现在应该很受伤很失落吧，但说实话，我对他却并没有什么同情的感觉。这到底是为什么呢？为什么一想到夏荠的遭遇，我心里就这么难过呢？

回过神来的时候，离五点还有七分钟。

"差不多该走了吧。"

我结束游戏站了起来，祐介却拿着手柄不放。

"哎——已经这个点啦？"

"已经五点啦！喂！"

"再等等，我把这关过了。"

"不行！"

我直接拔了电源。祐介不满地咂吧了一下嘴，然后不情不愿地站起来。到底怎么回事呢，明显感觉他不太想去，虽然我其实也不想去。祐介重重地叹了一口气。

"喂,我们要不别去灯塔了吧。"

"什么?"

"烟花是圆的也好是扁的也罢,这种事情根本无所谓。你不这么认为吗?去灯塔那边也太麻烦了。咱们两个逃跑吧,去海边!"

"这也太对不起大家了。"

"没关系的。要不,你去跟他们说。"

"啊?"

"我的意思是说,你去操场,跟纯一他们道歉说不去了。"

"也是哦,提前跟大家说了他们就不会发牢骚了。"

"不会发牢骚的。那就拜托你了。"

"拜托我干什么?一起去啊。"

"嗯?"

"凭什么就我一个人去啊?开什么玩笑。"

祐介又咂巴着嘴,极不情愿地走下台阶,磨磨叽叽穿上鞋。我焦急地催促着,让祐介赶紧出发。

"快点快点!要迟到了。"

"稍微迟到一会儿不是更好吗!"

我从背后推着磨蹭半天才站起来的祐介,打算一路跑过去。

"疼疼疼!"

脚上突然一阵剧痛,我蹲下身去。

"疼……"

"怎么了?"

"今天在游泳池里撞伤了。"

"今天?"

"我不是说过的嘛!"

祐介一脸茫然。我脱下鞋子给他看脚后跟。跟腱处擦破了皮还流血了,我抹了些唾沫在上面。祐介探着头,仔细观察着伤口。

"这个伤口!小心可能会感染破伤风啊。"

"破伤风?那是什么?"

"细菌啊。不及时治疗的话,细菌会进入全身,那样你就死定了。"

"不至于吧?"

"不,会死人的,是真的!喂,我去见他们,你赶紧去找我爸爸看看。"

祐介从口袋里拿出手帕,帮我包扎好伤口。

"纯一那边我来说,你快点去医院。"

"你跟我一起去不是更好?"

"不行。两个人都去了,大伙儿那边怎么办,谁去说啊?"

"啊,对哦。"

我重新穿上鞋子,祐介从背后推着我。

"好了,快去吧。"

这回变成我不情愿了。既不是去烟花大会,也不是去灯塔,而是去医院。因为祐介说可能会得破伤风死掉,这么一来不去都不行了。祐介家的安昙医院,位于和学校相反的方向。

"挂号的时候报我名字,就说是祐介的朋友,可以先给你看。"

"哦,知道了。"

"对了,还有……"

祐介靠过来,一脸故弄玄虚的表情,明明周围一个人都没有,他还是把脸凑到我耳边小声地说:

"要是夏芽在我家的话,你能帮我跟她说一下我今天去不了了吗?"

"这什么意思?怎么回事啊?"

"没什么,你就这么跟她说,她能明白的。"

"她为什么会在你家?"

"不知道啊。在的话就说一下,不在就不用说了。不在的话也说不了吧。对了,那个时候那会儿,那个……"

祐介有点语无伦次。到底怎么回事?这家伙没有被拒绝吗?难道正相反,夏芽答应他了?大脑瞬间一片空白,我想都没想就问:

"你是跟她表白了?"

"不,没有。是她表白的。"

暴击。有种突然被抛到高空再狠狠摔在地上的感觉。全身冰凉。

"……什么时候?"

"今天,在游泳池旁边。"

"夏荠怎么跟你说的?"

"就是说……一起去看烟花吧。"

灰心气馁,自暴自弃,无力感,只想就这么一屁股坐在地上不起来。但是不想让祐介看到这样的自己,于是尽可能地站稳。

就在我身旁,却是我不知道的时候发生了这样的事情,什么都比不上这对我的打击更大。原来那时候我只是个配角啊?看见有蚂蚁爬上夏荠的脖子帮她抓走,甚至那个时候,她想的也是祐介吧?然后祐介不想去了?还要这么跟夏荠说?竟然还让我去说?

我顿时火冒三丈。

"去啊!干吗不去?"

"那就太对不起大家了。"

"什么?根本不会对不起他们。想去就去啊。"

"我讨厌她。"

"为什么?"

"真是太尴尬了。"

"咦,你不是喜欢夏荠吗?"

"什么,我?"

祐介瞪圆了眼睛,眼神飘忽闪躲着。

"玩笑啦开玩笑的!你怎么搞的,还把我说的话当真?白痴吗你?我怎么可能会喜欢那种丑八怪!"

完全不明白他什么意思,简直就是莫名其妙。虽然很想揍他,但是却没有什么立场动手。

"怎么?喂,你再不快点去,破伤风要恶化了。拜拜。"

祐介朝操场飞奔而去。剩下我一个人,不得不走向了安昙医院。

第七章

越走伤口越疼,想要好好理一理头绪,却根本做不到。我已经丧失了思考能力,硬逼着自己去想的话,连走路的力气都没了。到医院的路其实不太远,我却比平常走得都久。

推开医院的门进去,候诊室的长椅上有一个人。那人仰着头,能看出正往这边张望。我装作不经意地小心瞥了一眼,真的是夏芽。她穿着浴衣,不知道为什么身旁还放着一个巨大的行李箱,大大的眼睛一直在往这边看。

我假装没看见夏芽,径直走到挂号窗口。医院为忘记带挂号证的病人专门准备了白纸,我拿起一张,在上面写好名字投进了箱子。我纠结着要不要去长椅那儿坐下,可怎么也不敢把脸往夏芽那边转,于是只好盯着墙上的海报,等待叫号。五分钟后,我被叫进了诊室。

祐介长得很像妈妈,跟他爸爸却不怎么像。这位跟儿子长得不怎么像的父亲帮我看了看伤口。

"祐介说这是,是什么来着?破……破什么的。"

本想以防万一还是把祐介的原话告诉他比较好，但脑子怎么也转不动。

"破伤风？"

"啊，对！就是这个，破伤风。"

"祐介跟你说是破伤风？"

"是的。"

"这不就是擦伤嘛。"

"所以没事了吗？"

"不过呢，就算是这种擦伤，放着不管的话也可能会发展成严重化脓。"

护士帮我上了药，再用纱布包扎好伤口，就算处理完毕了。我走出诊室，坐在长椅上等着付费。夏荠就在我旁边，看来还是得把祐介的话带到啊。

"那个……"

我飞快地朝夏荠瞟了一眼，她低着头。

"……祐介，他不来了。"

我又看了一眼夏荠，本以为她至少会小小地叹口气，结果她只是说：

"啊,这样。"

说完,她抱着那个看上去很沉的行李箱走出了候诊室。我大大地吸了一口气,又长长地呼出来。虚脱了。只有那种喘不过气的感觉还在。

收银处的姐姐叫我了。

"保险证呢?"

"啊,没带。"

"哎呀,没带保险证的话就没法用保险了。"

"不用保险的话会怎么样?"

"那就只能付全款了。"

没带这东西还真麻烦。最后对方说明天拿过来也行,就这么让我先回去了。

走出医院的时候,天空已经积了厚厚的云,像是要下雨的样子。如果下雨,烟花大会说不定会被取消。反正要下就下吧,就让烟花大会取消好了。

我朝家里走去。转过街角的时候,赫然看见夏荠正站在公交车站前。这可尴尬了。我打算装没看见,

埋头从她面前走过,她却冷不防跟了上来。我俩就这么变成步伐一致地并肩行走,于是我急忙停下来,夏荠却继续向前,一边说道:

"如果我邀请的是你,会怎么样?你也会逃走吗?"

"嗯?"

"邀请赢的人,是我临时想到的。自由泳的话,我以为你会赢,所以赌了会赢的那个……"

夏荠转过身来,泪水湿润了眼眶。我有点儿喘不上气,心里一阵发紧。

"如果我邀请的是你,你不会背叛我吧,你会来的吧?"

"嗯?"

"没事,算了。"

夏荠继续向前走。

虽然不太明白她到底在说什么,但是有一点,至少这一点很明确:不是祐介,是我,是我,是我……

"遭遇背叛这种事就像会遗传一样。"

夏荠的声音像是夜里的蝉鸣般,充满了落寞。

"我……我,不会背叛你的。"

夏荠转过身来。

"真的吗?"

夏荠的脸上浮现出一丝喜悦,但转瞬即逝。她马上又沉下脸来。

"你也会背叛我的,肯定会的。"

夏荠踩着脚下的木屐"咔嗒咔嗒"快步走远,身影渐渐消失在了街角。而沿着这条路笔直走下去,就是我家。

该回去了。回去早点睡吧,什么都不愿意多想了。

突然一阵海风吹来,带着玉米地里叶子摇曳的声音。风停的一瞬间,四周重归寂静,远处再度传来"咔嗒咔嗒"的木屐声响。我起初还以为自己听错了,但声音越来越近。是夏荠。她在跑,正向我这边跑来。刚想到这一点,就看见夏荠的身影从街角飞奔而出,跑向了我。

她是为了我回来的吗?

这样的期待在脑中一闪而过,但下一秒就破灭了。夏荠的身后还追着一个人,那个人我见过,是夏荠的妈妈。

夏荠跑过我身边,把行李箱往我手里一塞,又继续向前飞奔。她妈妈看都没看我一眼,径直朝女儿追去,脸上的表情十分恐怖。凉鞋之类的鞋子本来就不适合跑步,穿着木屐就更难行动。夏荠很快就被妈妈追上了。

"不要!放开我!"

夏荠撕心裂肺的尖叫声在街上回响。

妈妈抓住女儿挣扎反抗的手,始终都无视我的存在,就这么强行拽着夏荠从我面前走过。

"典道!"

夏荠趁机抓住了我的T恤衣角。衣服被越拉越长,我却什么都做不了。夏荠的妈妈黑着脸转过身,终于朝我走来,一声不响地就要夺我手上的行李箱。我本能地反抗,感觉到如果轻易松手,可能以后就再也见不到夏芽了。因此我心里只有一个念头：至少这个箱子绝对不能让她夺走。凶神恶煞一般的夏芽妈妈又试着抢了几次箱子，但她正一手抓着拼命想挣脱的夏芽，只能用另一只手来抓抱着箱子到处跑的我。这样太费劲了，最后她放弃了箱子，调转方向，拖着大哭的夏芽沿来时的路大步离去。我高高举起手里的行李箱，朝她们喊："你把这个忘了！落下这个可没法回去啊！"夏芽的妈妈却连头也不回。我想叫住她们，却发不出声音。眼看着她们要转过街角时，夏芽妈妈的视线朝我瞥了过来。为了吸引她的注意，我把行李箱举得更高。现在回想起来，这个动作真是莫名其妙，但在当时却起到了意想不到的效果。那一瞬间，她妈妈大概露出了一丝破绽，夏芽竟然挣脱了她的手。而她妈妈因为反作用力的冲击，向前一个踉跄摔倒在地。

夏芽飞快地朝我跑来，半路上脱掉了木屐拎在手里。我像是接力赛的第二棒选手一样，还没等夏芽跑到位置就开始起跑。加速前进的时候，夏芽正好追到了我身边。我们拼命地跑,转弯时一看,发现她妈妈正全力追上来。然而到下一个街角的时候,她妈妈的身影已经不见了。尽管如此,我们依然继续狂奔,转过好几个街角,才发现已经跑过了两个公交站。我们在第三个车站的长椅上坐了下来,喘得上气不接下气。要是到了这里还被抓住,就只好认命了。我们回头看着跑来的路,远处正驶来一辆公交。

"啊,有车来了。"

车停在我们面前,自动门打开了。

"啊,我们不上车。"

我刚说完,就听见夏荠说:"要上的。"

接着她毫不犹豫地跨了上去。

"去哪儿?"

"别管这么多,上来吧。"

没办法,我也只好抱着行李箱上了车。

第八章

从烟花大会的后一天算起,暑假还剩下整整一个月。这段时间,我和祐介、纯一、和弘还有稔他们都没有再见面,也没再跟班上的任何同学一起玩过。从某种意义上来说,我一直宅在家里,但奇怪的是也没有人找我出来玩。祐介也好,纯一也好,和弘也好,稔也好,大家都像是从这个镇上消失了,我就这么孤独地度过了暑假。

孟兰盆节的时候,爸爸的弟弟胜治叔叔一家从东京过来小住。大家一起去扫了墓。之后因为最小的弟弟嘴馋贪吃了太多西瓜导致身体不适,叔叔一家提前一天回东京去了。关于暑假的记忆依稀只剩下这些。还有一件事:夏荠离开了这个城镇,不知道搬去了哪里。我至今都未曾知晓她去了何方。

九月一日,第二个学期开学了。再见到阔别的同学们,发现大家都有了些大人的模样。纯一本来是我们班第二性征最明显的,现在,又接二连三冒出了一批身体发育的家伙。而令我惊讶的是,纯一和那帮人组成了新的团体,可能是因为他们暑假总在一起玩,关系好了起来吧。果然人以群分。和弘则跟那帮死宅变成了朋友。我偷听他们说话,好像是暑假一起去了秋叶原,以此为契机结交的。而祐介,竟难以置信地跟稔的关系变好了。

稔的脸上隐约有几处伤痕。

那天,稔不知道从哪儿捡来了一包家用烟花,在我们约定集合的操场试着点着,结果其中一个烟花在稔面前爆炸了。祐介把被烧伤的稔带到自己家医院,让他在那儿治疗。纯一跟和弘则按原计划去了灯塔。

虽然我们之间并没有发生什么矛盾,但大家都各自有了新伙伴,也就不可避免地渐渐疏远了。尽管关系不再密切,偶尔还是会聊聊天,但聊的也不过是烟花大会那天大家的动向。

升入初中后,我二年级时跟和弘同班,三年级时跟稔同班,高中二年级时又和纯一同班了。我们在一起很少回顾小学时代的事,每次聊天,一开口话题竟然都是烟花大会那天的事。稔因为被烧伤,不得不整个暑假都往安昙医院跑,顺便也总去祐介的书房,这大概就是两个人关系变好的原因吧。

高中二年级和纯一再见面时,他个子已经没我高了。我们俩常常混在一起,那段时间,纯一把烟花大会那天我所不知道的事情,都原原本本地告诉了我。

综合所有人的信息,那天,他们发生的事应该是这样的。

五点集合的时候,第一个到的是纯一,那会儿应该是五点刚过一点。随后迟一点到的是稔。稔在来的路上经过公园时发现一包烟花,不知道是谁落在那儿的,他擅自捡了起来。和烟花一起落下的还有打火机,稔一同拿走了,说等大家都到齐了找个地方点着玩。

不久,和弘一身登山装备地出现了。他背着大帆布包,单手拿着登山杖,这架势把纯一和稔吓了一跳。和弘反倒惊讶于大家什么都没准备,好不容易的一趟冒险,怎么也不该空着手去吧。

"到灯塔那边可全是山路啊。"

路况大家是知道的。低年级时我们有次远足徒步去了灯塔,那次路途非常辛苦,也不太愉快。

他们三个等着我和祐介,可是等了很久我们都没出现。在这期间,稔提议把捡来的烟花给点了。

"现在点也看不清啊。等天色暗一点的时候再说吧。"

听纯一这么说,稔耍起赖来。

"让我点一个吧,就一个。"

"只可以点一个哦。"纯一勉强答应了。

稔高兴极了,从包装里取了一根很粗的烟花,那是降落伞烟花。纯一负责点火,可是用打火机点燃后,引线烧了一小段就灭了,他试着把引线再往外抽出来一点,却不小心拽断了。

和弘试着修了一下,放弃了。

"这个已经不能放了,试试别的吧。"

就在这个时候,祐介终于到了。

"太慢啦!"

纯一吼道。

"抱歉!发生了很多事情,典道的脚受伤了,先让他去我家医院了,我打算一会儿也过去。"

"啊?那他不去灯塔了?"

"不好意思,我也去不了了。"

"那也没办法,典道就拜托你啦。"

"知道了。"

这边纯一和祐介说着话,那边稔还在倒腾那个放不出来的烟花。他觉得应该差不多修好了,就用打火机再次点燃了引线。可能是火苗蹿进了烟花筒里,直接点着了里面的火药,烟花就在稔面前爆炸了。

"砰!"

大家转过头去,只见稔蹲在那里一动不动,也不知道刚才发生了什么。过了一会儿,稔不知从哪里发出一个古怪的声音,一边在地上打滚。走近一看,他的脸简直惨不忍睹。被烧焦的刘海卷曲着,脸上焦黑一片。最惊悚的是他的眼睛,黑眼珠变成了白色,像是从电影里走出来的僵尸。祐介抬起稔的下巴,开始诊断他的情况。

"哎呀,这家伙完蛋了。角膜溶解变白了。"

"角膜是什么?"纯一问。

"就是眼球。"

"眼球?……溶解了?"

"嗯。因为是蛋白质组成的。和煎鸡蛋的道理一样,不耐热。"

"那得送他去医院啊。"和弘的脸变得惨白。

祐介茫茫然地说:"是要送医院。但去哪个医院呢?"

"你家的医院啊!你说什么呢?"

纯一有点蒙了。

"我家医院?……我家不太方便。"

"为什么?"

"因为……大家肯定会挨骂的。"

"现在不是说这个的时候吧。再不快点去医院,这家伙一辈子都要看不见了。"和弘说。

"没关系。这只是暂时的。眼珠的新陈代谢很快,恢复得也很快。"

后来，纯一再回想起这件事时，说祐介不愧是医生的儿子。但我觉得祐介当时心里并不是真这么想的。他在意的是我和夏荠正在安昙医院。或者说，那跟我没什么关系，主要是因为夏荠在。那时祐介打算背叛和夏荠之间的约定，所以不想见到她。但一码归一码，祐介也肯定不会弃稔于不顾。

稔一边喊着"眼睛看不见了"，一边两手伸向前方像僵尸一样走。和弘跟纯一看到他这副模样都大笑起来。就像猫见到逗猫棒会本能地反应一样，遇到好笑的事情不经判断地嬉闹也是小孩子的天性。纯一跟和弘一边朝可怜的伤员哈哈大笑，一边跟他玩起了捉迷藏。

祐介阻止他们道："别闹了别闹了。我知道了，我带他去医院。"

"我也去。"纯一说。

"还有我！"和弘跟上一句。

"不用了，没关系的。你们去灯塔吧。我一个人能搞定。"

"灯塔去不去都无所谓的。"纯一说。

"对,现在不是说这个的时候。"和弘补充道。

结果祐介一脸严肃地说:"你们的心情我理解。但是,你们就算去了医院也帮不上什么忙对吧?所以就交给我这个专业人士,之后我会跟你们联系的。"

说完,祐介就带着稔离开了学校。纯一跟和弘完全被祐介的气势镇住了,只好听从他的安排,按原计划向灯塔出发了。

对祐介来说,只带着稔一个人的话,至少还比较好应付。就算万一碰上夏荠,稔也看不见。这样还正好把责任都推到稔的受伤上,以此为借口说没法一起去烟花大会。

不过祐介最后既没有碰见夏荠也没有碰见我,却遇到了蓬头乱发、气势汹汹的夏荠妈妈。

祐介牵着稔的手走在街上,这场景想来也是够奇怪的。见到这样两个人,即使是气头上的夏荠妈妈也会上去搭个话吧。

"你们俩怎么了?"

祐介有点不知所措地解释道:"烟花爆炸了,把这家伙的脸炸伤了。"

"哎呀那可不得了,得赶紧送他去医院!"

"啊没事,正带他去呢。"

"安昙医院?"

"对,那是我家。"

"呀,你是安昙医生的儿子?"

"是的。"

"你认识我家孩子吗?"

"嗯?不认识吧。是谁?"

"及川夏荠。"

"……啊,这个嘛,认识的。"

那时的祐介一定吓得不轻、战战兢兢吧。明明为了不露面而煞费苦心,结果竟然要跟夏荠的妈妈一起去医院。

"这孩子叫什么名字?"

"我叫笹本稔。"

稔作了自我介绍。

"你家在这附近吗?"

"我也不知道我们现在在哪里。我什么都看不见。"

"在我家附近,马上就到我家了。"祐介说道。

"哦,那我家不在这附近。"

稔对着空气回答夏荠妈妈。这时祐介对夏荠妈妈说道:"我知道这家伙住在哪儿,我去去就来!"

祐介把稔交给夏荠的妈妈,一溜烟跑了。稔没有看见祐介离开,还不慌不忙地说:"我知道电话号码呀。"

"啊!"

明明到了医院再给稔家里打电话更方便,祐介根本没必要特意跑一趟。这一点,祐介百分之一百是知道的。也许他本来另有打算,但没想到会遇见夏荠的妈妈,被迫跟她一同去医院。如果只有自己一个人,还能带着稔从医院后门进去。但是如果有夏荠妈妈在,就不得不正正当当地走大门了,那样要进入诊疗室,就必须得经过候诊室。夏荠没准儿还在那儿等着,所以祐介无论如何都要想办法避开。

真正的想法也只有他本人才知道了。但从结果来看，祐介在去医院的途中就逃掉了，稔最后是由夏荠妈妈带去安昙医院的。

那时候的我和夏荠应该正在去公交车站的路上，或者已经到达车站了吧。

到了医院，夏荠妈妈惊慌失措地告诉挂号处的人有个孩子被烟花炸伤了。之后稔被直接带进了诊室，接受祐介爸爸的诊断。夏荠妈妈也站在一旁，担心地不停地问"他眼睛没事吧""会不会失明呀"之类的问题。祐介爸爸说，虽然眼球变白，但只是角膜表面被烧伤了，过几天就会好的。看来祐介的诊断也不见得是胡说八道。

稔的脸上涂了厚厚一层药，包上了绷带，之后就被带到病房卧床休息了，暂时由夏荠妈妈陪着他。后来稔睡得迷迷糊糊的，一时没看见夏荠妈妈，还以为她先回去了。等再次清醒过来时，才发现她正坐在椅子上打盹。过了一会儿，她去了候诊室，大概是想一边等着祐介一边打发时间吧。说不定她就坐在女儿刚才坐过的地方。

这时，祐介带着稔的父母赶了过来。看到整个脑袋都缠着绷带的儿子，稔的妈妈晕了过去。

第二天，根据稔从护士那儿听来的消息，当时祐介的行为很奇怪。他鬼鬼祟祟地从后门进来，问有没有一个女孩子在候诊室，有的话告诉他。护士回答说："刚才候诊室里有个穿浴衣的女孩子，不过已经回去了。"祐介听到后不但一点儿也不失望，反而得到安全信号似的，立刻松了一口气，优哉游哉地走了进来。

"应该是被那个女孩子缠上了所以头疼吧。"护士这么分析着，好像真是这么一回事儿似的。

见稔的父母都来了，夏荠妈妈向他叮嘱了一声"多保重"就离开了病房，结果迎面遇上了祐介。稔听见了他们在走廊上的对话。

"哎呀，也辛苦你啦。我要回去了。"

"啊，好的。"

"还有，这么久以来夏荠承蒙关照了，谢谢你。"

"哪里哪里。"

"我们快要搬家了。今天夏荠在学校有跟大家好好告别吗?"

"嗯?……啊,没有,完全不知道这件事。"

"真的吗?这孩子怎么回事。真是搞不懂。我一点也不懂那孩子在想什么。对不起啊,那,我替她感谢你们这段时间的关照。"

"啊,没有啦。"

祐介的反应好像自始至终都很冷淡。当然,稔听到这番话时也没有多想。

"那个时候,对女孩子什么的真是一点兴趣都没有啊。"

初中三年级的时候,已经长到一米九的稔如是说道。回想当年的往事,语气中带着一丝怀念。

祐介到底做了什么?他究竟是怎么想的?这些至今都是个谜。遗憾的是,那天之后我跟祐介再也没机会说过话。我只能从一些零星片段中拼凑有关他的一切。

目送夏茾妈妈离开以后,祐介进了病房,跟稔的父母打了个招呼就走了。关于那天的祐介,稔所知道的也只有这么多了。

第九章

生性耿直的纯一在犹豫还要不要出发。就这么把烧伤的稔丢给祐介,自己和伙伴们跑去灯塔,未免也太不负责任了。

"话是这么说。但祐介也说了,我们几个去了也帮不上什么忙。要不就在他住院期间带礼物去看他嘛。"

对于和弘的心思,纯一当时是这么猜测的:

"和弘一心就想去灯塔,对那家伙来说,从一开始就没有'不去'这个选项。这态度真让人光火。"

上了高中的纯一说起这件事时,脸上仿佛还浮现出当年愤怒的样子。

那天他们走的路线是这样的。

从学校出发,沿着山脚前进,穿过玉崎神社从其后方进山。山路两侧斜坡上都是田地,种着西瓜。经过那一大片西瓜地之后是一片小树林,可以看见刑部岬的路牌。走过路牌,有一段曲折的坡道,从坡道一路爬到岬角的山顶,就能看到灯塔了。

"那么从海边绕过去好像也行。"

"哪条路更近?"

"经过玉崎神社的那条路更近。"

"那,就走那边吧。"

玉崎神社。

每年烟花大会的时候,神社那里都会搭起很多街边摊。其实那个位置连烟花的边角都看不见,但还是会有很多人过去,听着烟花的声响喝酒。相比之下,海边要闹嚷嚷得多,因此对于只想喝酒的人来说,神社确实是个好去处。但是二人傍晚到达时,这里只有稀稀拉拉几个客人。经过一个冷冷清清的路边摊时,里面的陌生大叔请他们吃了关东煮。然后他们在那里听到了第一声烟花响。零星几个大人仰头看着天空,兴奋地说着"开始了开始了"。

和弘问请他们吃关东煮的大叔:"大叔,你觉得烟花从侧面看上去,是圆的还是扁的?"

"这是什么啊,脑筋急转弯?"

"就说说是哪种嘛。"

"嗯,这个问题嘛,应该是扁的。"

"欧耶!"

纯一那会儿绝对开心得喊了出来。

"所以,正确答案是?"

"我们正打算去验证呢。"和弘一脸严肃地答道。大叔肯定被吓了一跳。

"这种事情要怎么验证啊?"

"就是从侧面看啊。"

"侧面是哪儿?"

"灯塔不就正好在海岸的侧面吗?"

"嗯……还真是。"

听到他们谈话的关东煮老板这时插嘴道:"我以前在灯塔那边看过烟花哦。"

纯一跟和弘惊讶地同时问:"是圆的,还是扁的?"

关东煮老板大喝一声:"笨蛋,这怎么能告诉你们!用自己的眼睛去看啊!"

"就是就是。不过你们再吃下去的话,烟花大会就要结束了哦。"

严厉的关东煮老板和醉醺醺的大叔一起目送着纯一跟和弘向玉崎神社深处走去。

出了神社之后就进山了。纯一跟和弘两个人都没有说话。其实对纯一来说,烟花是圆的还是扁的根本无所谓。

"我还挺想从侧面看一次烟花的。想看看它扁扁的样子。"

今天放学时的争论,就是从这随口一句话开始的。

"为什么是扁的?"

和弘追问。

"就是扁的啊!"

"什么?你是说从侧面看烟花就像是细细的一条线吗?"

"对啊对啊,就想看看这样的!"

和弘听到后大笑起来。笑得一直捂着肚子动弹不得。

"好疼啊,肚子疼死了!"

纯一对着他的肚子就是一脚。

"很疼的!你干什么呢!"

"让你笑!"

"因为,烟花怎么可能是扁的啊!"

"那你说是什么!难道是方的吗?"

"圆的啊!"

"你以为我没见过烟花吗笨蛋,都说了是从侧面看啊。"

"从侧面看也是圆的啊!"

这时,安静地待在一旁的稔也插话进来。

"那斜着看会是什么样?"

"白痴!斜着看也一样,怎么看都是圆的!"

"什么嘛!"

"因为烟花是个球体啊,球体!"

但纯一还是无法理解。他从小就认为烟花是扁的,现在突然告诉他事实并非如此,他的脑子根本转不过来。就在这时,我和祐介回到了教室,然后事情就发展成现在这样了。其实对纯一来说,最重要的是能跟大家一起玩,这样不论做什么都是开心的。如果早知道去灯塔的只有他跟和弘两个人,他说什么也不会去的。结果到了操场一看,我没到,稔的脸被烧伤了,祐介陪稔上医院也不去灯塔了。他真希望那个时候能撇下和弘,自己直接去烟花大会。说实话,纯一不喜欢和弘,也不喜欢祐介。和弘跟祐介一样,都是他反感的那种喜欢炫耀知识的学霸。一想到纯一后来变成了不良少年,多少能理解他对和弘跟祐介的不喜吧。至于我和稔,他应该也不会有太多好感。

"如果遇到一个合得来的人,待在一起就特别开心,不在一起了会很寂寞——这种友谊在小学时期根本不存在啊。"

高中时,纯一对我这么说过。确实是这样。对于那个年纪的我们来说,玩才是头等大事。要是一个人能玩起来的话,根本就不需要朋友。不过,总有些项目是没法自己一个人玩的,这时才会寻找同伴,朋友就是这样的存在。这样的朋友是随时可以换的,每年分班被迫失去朋友时,我们从来都没有过受伤、难过的感觉。现在想来,没准儿这就是学校想要教会我们的东西呢。

"歇会儿吧。"

山路走到半道上,和弘突然停了下来,这时距离在神社吃关东煮才过去十五分钟。纯一有些着急。反正只是确认一下烟花的形状,最好能速战速决,尽可能早点回到海边。纯一还是想好好享受一下烟花大会:在路边摊吃点炒荞麦面,玩玩射击什么的。为此他还专门向父母要了些零花钱。

"喂,别休息了。"

"就一会儿,稍微休息一下嘛。"

和弘放下帆布背包,坐在上面。烟花声响起来,两人抬头看着天空,却什么也看不见。只是一会儿的工夫,天色已经暗下来了。

"如果走靠海那条路,就能看到烟花了。"

和弘的抱怨让纯一有些暴躁。

"是谁说这条路更近的?"

"这条路确实距离更近啊。'哪条路更近'是谁问的?"

"开什么玩笑!是你说要去灯塔的吧!"

"所以呢,怪我咯?那又是谁一开始说烟花是扁的,搞得现在这个局面?"

"可恶!你嚣张什么啊!"

纯一踢了一脚和弘的帆布包。和弘也被惹毛了,挥着登山杖威胁纯一。

"什么叫我嚣张?我可比你早出生,你年纪比我小呢。"

"跟年纪有什么关系?不就稍微早出生了点而已,有什么了不起的!"

"吵死了!你这个狗年出生的家伙!"

"你才吵死了!"

两人吵着吵着打了起来。和弘根本不是纯一的对手,很快就被按倒在地,手也被反扣在背后,挣扎着叫唤个不停。

"痛痛痛痛痛!"

"你这家伙真是没用。"

纯一站起身,一个人继续向前走。

"喂!等等我啊!"

和弘的脾气来得快也去得快,尽管脸还通红,但气已经消了。他不情不愿地背上帆布包,跟上了纯一。

好不容易翻过山头、抵达西瓜地的时候,天已经全黑了。突然来到一片开阔地,感觉烟花的声音都更近了一点,但却依然连烟花的影子都看不到。两人走在西瓜地里一眼看不到头的小路上,凭感觉追着烟花的方向前进。透过远处的树林,能看到灯塔耸立在悬崖边,灯塔探照灯发出的明亮光束在黑暗的夜空中盘旋。但是他们走了很久也没走到树林边。

"稍微休息一会儿吧。"

这次提议的是纯一。两个人在水渠的小桥上休息,纯一放松地靠在栏杆上。

"你吃香蕉吗?"

和弘从帆布包里拿出香蕉,剥开一根吃了起来。

"喝的也有。巧克力呢?"

和弘把吃的东西一一取出,摆在地上。

"搞什么,你怎么带这么多东西,白痴啊。喂,你要在这里摆摊吗?"

"你就帮忙吃点嘛,重死了。"

"谁管你啊,白痴。"

和弘叹了口气,拿出一板巧克力,打开包装,撕开锡纸,发现巧克力已经化了,黏黏糊糊的。

"哇,糟了!"

和弘说着开始用舌头舔巧克力。纯一一脸嫌弃。和弘吃完巧克力后又吃了一根香蕉。

"有碳酸饮料没?"

纯一从栏杆上跳下来,从摆在地上的食品里搜寻易拉罐。

"给。"

和弘递给纯一一罐可乐,然后自己打开果汁喝了一大口。"哇,都焐热了。"和弘的脸皱成一团,但还是一口气喝了下去。纯一看他这样,手里拿着可乐又犹豫起来。他又翻找了一遍,最后在帆布包里发现了一个保温瓶。

"这是什么?"

"茶呀,是茶。你想喝就喝吧。"

"热的?"

"茶当然是热的啊。"

"也是,不过总比喝温的可乐强。这么热的天喝热茶也算很厉害了吧。"

纯一这么说着,一边往保温瓶盖里倒茶。

"咦?"

纯一突然两眼放光,把茶一口气喝干。

"是冰的!好喝!"

"什么?真的假的?"

盘腿坐在地上的和弘立刻跳了起来。保温瓶里装的竟然是冰镇过的蜂蜜麦茶。

"我也要!"

"哦哦!"

纯一往盖子里又倒了一杯递给他,和弘也一口气喝掉了。

"爽!啊!好好喝!"

纯一直接抢过保温瓶一通牛饮。

"啊，太狡猾了！那是我的！"

和弘想抢回保温瓶，纯一边躲边喝，看样子把一整瓶都给喝光了。

"啊——真好喝！"

"你这个浑蛋！"

"骗你的啦。"

纯一把保温瓶扔过去，和弘慌忙接住。瓶子沉甸甸的，纯一只是假装喝光了而已。但和弘一点也没有感谢他的意思，饿狗一样紧紧抱住保温瓶大口猛灌，空气里都是他喉咙"咕嘟咕嘟"的吞咽声。

"太好喝了！太好喝了！"

"好了，走吧。"

纯一率先出发了。

"等一下啦。"

和弘收起他的"地摊"，背上稍微轻了一点的帆布包，快步追上纯一。

烟花的声音依然很远，眼前也还是那片西瓜地。途中，他们路过一个小小的地藏菩萨佛堂，供奉了一把香蕉、巧克力、零食还有五罐果汁，然后双手合十拜了拜。果汁里有一罐是和弘已经喝完的空罐。

"你小子，那是垃圾吧。"

"别在意别在意。"

纯一又拿走了一根香蕉和一罐果汁。

"喂，你这是在偷供奉品啊。"

"这本来就是给我的。"

看数量就知道，这原本是按人数准备的零食和饮料。应该是和弘说要跟朋友们去灯塔，他妈妈准备好让他带在路上分给大家吃的吧。这么一想，纯一心里更郁闷了。本来应该是大家一起吃着零食开心地向灯塔进发，怎么会变成现在这样呢？纯一喝掉温乎乎的果汁，把香蕉塞进嘴里，在心里默默起誓：为了感谢和弘妈妈的良苦用心，就算只剩下自己一个人，也要努力到达灯塔。抬头仰望天空，天上满是闪耀的星星。

第十章

这趟公交车的乘客屈指可数,对面车道上却排起了长队。大家都赶着去烟花大会现场,那个方向的车应该挤死了吧。阴差阳错地上了这辆车也不坏,可是这样就离烟花大会越来越远了。这辆车是开往饭冈车站的。

夏荠从刚才开始就一直沉默地看着窗外,单从表情完全看不出来她在想什么。

"烟花大会怎么办?"我问道。

夏荠无精打采地转过头来。

"你想看烟花?"她答道。

"有问题吗?"

"想看吗,典道?"

"那个……我们到底是去哪儿啊?"

"去哪儿?去哪儿都行啊。去典道喜欢的地方吧。东京?大阪?"

夏荠对目的地毫无计划,这让我很不安。我想都没想就抓住她浴衣的袖子追问:

"是要离家出走吗?我们这是在离家出走对

不对!"

夏荠没有回答,只是看着窗外的风景。

"为什么啊?"

我用力扯了扯她浴衣的袖子。

"不是离家出走哦。"

"那是什么?"

"……私奔。"

"私奔?"

"对,私奔。就是这样。"

夏荠突然站起来,在摇摇晃晃的公交车里走到最后一排坐下,然后看着我。此刻的夏荠看起来挺开心。

私奔……

听到这个词,我的不安感消失了,取而代之的是恐惧,身上一个激灵。想起了夏荠之前说过的话,她妈妈在结婚前本打算要做的事就是叫"私奔"吧。

"两个人……去死吗?"

"那个是殉情。"

不管哪个都是不得了的事啊。我的脑袋被恐慌占据了,根本无法思考。要么一会儿公交车到站的时候下车好了。可是我连抛下夏荠独自逃跑的勇气也没有。

公交车终于抵达了终点站饭冈站。这个车站平常还有几个人影,今天因为烟花大会的缘故,变得鸦雀无声。下车后,夏荠把我扔在一边,径直穿过交叉口,跑进了空无一人的车站。我拖着行李箱跟在她后面。

走进车站,夏荠看着列车时刻表。

"还有三十分钟。"

她看的是去东京的电车。

"要乘吗?"

不过夏荠没回答我的问题,而是拉着我的T恤袖子说:"我想去厕所,你陪我去。"

站台上有公共厕所,入口处有一块巨大的挡板。夏荠躲在挡板后面换衣服,我靠在挡板上等她。整个站台上只有我们两个人。

夏荠边换衣服边说:"我觉得女孩子去哪里都能

找到工作。虚报个年龄就好，就说我已经十六岁了。"

"看着不像。"

"是吗？"

"是啊。"

"找找看的话，肯定有十六岁也像我这样的人。"

"那你要去哪里工作？"

"夜店之类的吧。"

从挡板下方的空隙能看到穿着裙子的夏荠的脚踝。我突然一阵紧张，这是一种前所未有的感觉。我的心脏狂跳起来。

"放心吧，我会好好养你的。"

换好衣服的夏荠从挡板后面走了出来。她换下了浴衣，穿着吊带背心和短裙站在我面前，原本扎起来的头发也披在肩上，嘴唇上泛着亮晶晶的光泽。

"怎么样？像十六岁吗？"

闪耀的夕阳余晖下，她的身姿显得有些神圣，我觉得自己像是看到了什么不该看的东西，但又无法把目光从她身上移开。

夏荠看着天空，笼罩在暮色里的绯红的天空。

我们坐在候车室的长椅上等电车来。两人之间想说些什么却又都没说。很快，电车就要到站了，夏荠突然站了起来。

"啊！忘记买票了！"

她说完就向售票机走去。电车的声音已经传来，我只好听天由命地抱着行李箱站在原地。夏荠从售票机那里回来了，我伸出手去，等着她给我车票。可夏荠却把两只手藏在身后看着我，脸上的表情别有意味。我以为她在逗我，故意不给我车票。

电车驶入了站台。

"车票呢？"

"嗯？车票？什么车票？"

"电车的车票啊。"

"咦，电车？电车怎么了？"

我指着正停在站台里的电车说："就那个……电车啊……"

"嗯？哪儿的电车？你在说什么？"

夏荠对站台上的电车视若无睹，反而朝相反方向看着公交车站的交叉路口。

"啊，公交车来了！回去吧！"

夏荠说着，猝不及防就跑了出去。

"喂！到底怎么回事啊！"

我抱着行李箱追在夏荠身后。夏荠三步两步跳上公交车，脚步意外地轻盈，仿佛从某种东西中解脱了一样，连背影都透着愉快。我抱着行李箱，也跟着坐上了公交车。这趟车是开回小镇的，车上只有我们两个人。虽然我还是一头雾水，不过总而言之，我们私奔去东京的大胆计划算是无疾而终了。

回程的路上我们陷入了拥堵的车流中。窗外的道路一片混乱，而车内只有我们两个。夏荠坐在最后一排的座位上，一直看着大海。

"快看！好漂亮。"

夏荠指着窗外。

暮色的天空中飘着一朵朵云，反射出烟花的

亮光,看上去就像极光一样。烟花的声音也从远处传来。

"好想乘一次'银河铁道'啊。"

我没有接她的话。要是上次读了那本书就好了。现在想来有点后悔。

我们没有去最初上车的车站,而是提前五站下了车。

荻园小学校前站。

那是我们的小学。夏荠站在门前,看表情仿佛在打什么鬼主意。

"你晚上来过学校吗?"

"没有。"

"去看看吧!"

夜游学校探险,这是小孩子最热衷的事情。那时的我本来已经身心俱疲,但这么一来立刻忘掉了疲惫,兴奋地跟夏荠一起溜进了学校。教学楼果然上了锁进不去,从窗外看去,教室里黑咕隆咚,一个人都没有,课桌和椅子整齐地排列着。

"要是有人坐在那里就可怕了呢。"

"好吓人啊!"

夏荠说出这种多余的话,搞得氛围突然恐怖起来,平时待习惯的学校一下子变得像鬼屋似的。夏荠微妙地开始和我越走越近,我俩有时肩膀碰到肩膀,有时手腕碰到手腕。穿过漆黑的走廊,来到教学楼后花坛间的一条路上时,夏荠抓住了我的手腕。那瞬间,我觉得自己的鼻血都要喷涌而出了,下意识地伸手捂住鼻子,借着星光一看,才发现根本没有血。

远处传来烟花的声音。在这里虽然看不见,但是因为声音很响,我们都不由得抬头看着天空。

好不容易摸黑找到游泳池,却发现铁门被锁上了,于是我们从栏杆翻了进去。

"我们这样不就成小偷了?"

"小偷也不错啊,我就当小偷好了。"

夏荠走到泳池旁边,脱下了鞋。

"偷点什么好呢,把这里的水全偷走怎么样?"

夏荠光着脚走在泳池边,轻轻地跳上跳水台,蹲下身子,望着泳池。

"喂喂,你看!像墨汁一样呢。"

"嘘——你声音太大了!"

夏荠在跳水台上坐下,脚尖轻触着水面。

"有点吓人呢。"

烟花的声音又从远处传来,我抬头看了一眼天空,然后视线又回到夏荠身上。不知怎么回事,夏荠突然像站在了水面上。不对,是她在往下滑。她正双手撑住身后的跳水台,膝盖以下的部分一点一点地没入水中,裙子在水面上散开,仿佛绽放的花朵。夏荠就这么一直往下沉,直到池水没过了头顶。

我走到夏荠之前站的地方,往水里张望。夏荠说的没错,泳池里的水像墨汁一样漆黑,完全看不到她在哪里。

"喂——喂——"

我试着喊了好几声,但是在水里可能听不到外面的声音吧。

一阵水声突然响起。夏荠的身影出现在了泳池的正中央。

"喂!你不要乱来啊。"

夏荠没有回头,也不作声,被水打湿的脸看上去像是在哭。也许她真的在哭吧。夏荠往脸上撩了好几下水,可能是想把眼泪冲掉。她用手擦了把脸,才转向我,微微笑了。我再也忍不住了。明明夏荠马上就要离开这里,可我却什么都做不了。心中这种煎熬的感觉几乎要把胸腔都撕裂了,但我真的不知道自己该做些什么。当我回过神来时,才发现自己已经跟着跳进了游泳池,朝夏荠游去。我想要抓住夏荠,但她逃走了,我们就这么在水里相互嬉戏追逐起来。其实我并不是真的想抓她,只是做做样子罢了。要是真的抓住了夏荠该怎么办呢?以当时我的心智,还并不知道该怎么做。

上幼儿园之前,青梅竹马的小千搬家时我也很难过很难过,好几天都郁郁寡欢。爸爸妈妈总开玩笑说那是我的初恋,其实并非如此。对小孩子来说,那简直是生离死别的痛苦。捡来的小猫死掉时我也哭个不停。无论是夏芥还是我,如果年龄再小一些,肯定会对转学万般抗拒,放声大哭吧。

可随着我们慢慢长大,却渐渐失去了感知这种情绪的能力。那个夏天,也许就是成长开始的季节吧。

长大了一些的我们,开始懂得不能再这样轻易哭泣,也拥有了更复杂的情感,学着在各种说不清原因的行为里作出抉择。那一天,我们也陷入了选择的困境,但我们对这种迷失毫无察觉。结果,我和夏芥就开始了这场奇怪的水中嬉戏。夏芥说这就像捉迷藏一样,笑闹着,嬉戏着,躲闪着。我也开始从中得到乐趣,真的玩起了捉迷藏。

在水中捉迷藏其实还挺难的,我们只玩了一会儿就累得一动也不想动,于是仰躺在水面上,任由水波摇晃着身体。天空缀满了闪闪的繁星。

夏芥突然说:"啊,北斗七星!"

"真的!啊,我找到北极星了!"

"那是仙后座!"

"牛郎星,天津四,看到织女一啦!"

"天鹰座,天琴座,然后是……"

"天鹅座!"

牛郎星属于天鹰座,天鹅座有天津四,织女一是天琴座的一等星。这三颗星星构成了夏季星空的大三角。我回想起六月去天文馆参观的事,那时夏荠坐在我身后。而现在,夏荠就在我的身旁。

而且只有我们两个人。

夏荠在水里握住了我的手。我被吓了一跳。

"许个愿望的话,说不定会实现哦。浪费机会的话就要失灵咯。"

我不明白她在说什么。

突然,响起了一声巨大的烟花绽放的声音。

"烟花从侧面看的话会是扁的吗?"夏荠问。

"什么?"

转过头去的瞬间,我看到夏荠闭上眼睛,再次潜入水里,然后从不远处浮了上来。

"下次再见面就是第二学期了……好期待啊。"

夏荠朝着跳水台游去,渐渐离我越来越远。她爬上岸，把行李箱扔到栏杆外，自顾自地翻了出去。夏荠头也不回地拽着行李箱走了，一句告别的话也没有说。被丢下一个人在泳池里的我，看着自己的右手。把紧握着的五指张开，掌心里有一颗闪闪发亮的玻璃球。是夏荠在海边捡到的那颗像珍珠一样的玻璃球。

不知怎么，心里突然涌上一阵疼痛，我下意识地捶了捶胸口。在遥远的记忆里，青梅竹马的小千离开的时候，小猫咪死掉的时候，我也曾这样捶打过自己作痛的胸口。

"许个愿望的话，说不定会实现哦。浪费机会的话就要失灵咯。"

原来她说的是这个。如果，夏荠相信这颗神奇的玻璃球能实现愿望，为什么她自己不用呢？为什么要把它留给我呢？

关于夏荠的这段记忆，一直保留至今。

第十一章

好不容易走出了仿佛无边无际的西瓜地，纯一跟和弘终于来到岬角的山脚下，看见了灯塔的路牌。但他们还有一大段陡坡要爬。

"快点啊！烟花都要放完了！"

原本筋疲力尽的和弘又继续打起精神向前走。纯一也觉得，都已经走到这里了，不看到烟花绝不回去。两个人鼓起最后的劲头，开始爬坡。四面八方都是黑黢黢的森林，没有路灯，他们在一片漆黑里继续前行。

不一会儿，身后传来一阵轻快的脚步声。脚步声越来越近，两人在黑暗中听见一个说话声。

"你们在搞什么啊，烟花都放完了。"

一个人影加快脚步超到两人前面去。

"祐介！"

纯一跟和弘同时叫出了那个名字。祐介的脚速真是快得令人愕然。他先把稔送回自家医院，然后又赶到这里，追上了纯一跟和弘，这速度实在是惊人。两人徒步走到这儿都已经筋疲力尽了，但是那家伙竟然轻而易举地超过了他们。实际上，祐介之前还去了稔家，把他父母请到医院以后才来的这边。要是纯一跟和弘知道了还有这么一节，估计会更加震惊吧。祐介像是在自我鞭策般爬着坡，超乎寻常的速度让纯一背后发凉。也许，祐介把这当作对自己抛弃夏荠的惩罚吧。很快，纯一跟和弘就听到了祐介的鬼哭狼嚎声。

"我喜欢及川夏荠——夏荠——夏荠——"

祐介话音刚落，纯一也突然冲了出去，一股莫名升起的冲动驱使着他跟着喊起来：

"三浦老师——三浦晴子老师——晴子——晴子——"

伴随着一阵帆布包上金属啷当的声响，和弘紧紧抓着包，声音响彻整个夜空：

"水——兵——月——水——兵——月——"

前方传来祐介的笑声。和弘在后面怒斥：

"不许笑！"

纯一也跟着大声怪笑起来。几个人前赴后继地喊着自己喜欢的人的名字，在黑暗里大笑、奔跑、大喊。

打头阵的是祐介,从他身后看过去,在一片开阔的视野中,银河迎接着他们的到来。壮丽的星空让三人都震撼得说不出话。他们纷纷躺倒在草坪上,甚至忘记了呼吸,好像就在这一刻死去也没有遗憾。但即使如此,他们还是站起身来继续前进。

抵达灯塔正下方后,他们一起翻过了及胸高的栏杆,一直走到岬角的最顶端。他们右手边的是地平线,左手边是海平面,九十九里的海岸线在这里与两条线垂直交错。就像和弘所说的,这里就是海岸的正侧面。

但是,他们等了好久也没有烟花再升空。三个人试着向灯塔顶爬上去。又是十分钟过去了,十五分钟过去了,此刻他们不得不接受现实——

烟花大会已经结束了。

但是三人并没有因此而沮丧,毕竟付出了那么多努力才到达这里,也许这样就已经很有成就感了吧。纯一唱起了日本足球联赛的主题曲,祐介、和弘也跟着唱了起来。他们一边唱着,一边不知怎么就站在灯塔上开始撒尿。

这时——

海岸那边突然升起一束光，一朵巨大的圆形烟花在眼前绽开。

此时的我全身湿透，无精打采地走在回家的路上。父母好像都还没有回来，我也不想就这么回家，于是慢慢吞吞地朝海岸边走去。从家里过去只有不到十分钟的路。烟花已经全放完了，但还是有许多观众留下来，在路边摊吃吃喝喝。这里人声鼎沸，与刚才我和夏荞所处的完全是两个不同的世界。我漫无目的地在人群中穿梭，闻到了炒荞麦面的味道，感觉有些饿了。想来从中午到现在还什么都没吃过，又想起钱包还在口袋里，拿出来打开一看，果然被水浸透了。我拿出一张湿透的千元纸币，用T恤擦了擦，小心地抚平。正在这时，我看到一个熟悉的面孔朝这边过来，是班主任三浦老师。她穿着浴衣，和一个年轻的男人手牵着手，看上去关系很亲密的样子。

"啊！三浦老师。"

三浦老师一看到我，赶紧甩开了那个男人的手，装作不认识的样子。

"岛田君，你在干什么呢！这么晚了赶紧回家去。"

但是她男朋友一副毫不在意的样子，直接叫着老师的名字说："怎么？是晴子的学生吗？"

"什么啊，是男朋友啊。"我拿老师打起趣来。

"咦，你在说谁呢？"

老师果然还是想蒙混过去。

"快点回家！"她又重复了一句，准备和男朋友一起离开。这时却被我叫住了。

"啊，对了。老师，烟花从侧面看，是圆的，还是扁的？"

"嗯？应该是扁的吧？"

她刚说完，男朋友插嘴道："笨蛋！肯定是圆的啊！你别误人子弟啊！"

"为什么啊？难道不是扁的吗？"

"为什么？你听好了，烟花就是火药爆炸的形态对吧?炸药这种东西,就是会向四面八方飞散的。"

老师不能接受男朋友的这种解释,用手比画着烟花的形状,开始说明:

"假设这是烟花,这边是正面,这边就是侧面!从侧面看的话,你看,是扁的吧!"

"说了不是这样啊。"

感觉这两个人要争个没完,我撇下他们默默地走开了。想起自己原本是打算买炒荞麦面来着,于是开始搜寻张望着路边摊。这时三浦老师追了过来。

"岛田君——"

"怎么了?"

"好了别问了,你先过来。"

老师带着我回到了刚才的地方,四下里一看,她男朋友不见了。

"咦,他人去哪儿了?"

"什么啊,你被甩了吗?"

"不要学大人讲话!"

老师戳了一下我的头。

不一会儿她男朋友回来了。一起来的还有一个穿着工作制服、头戴安全帽的男人。

"这位是烟花师傅,安先生。"

"您好。"

"他和我是同学,怎么样,看不出来吧。"

"够了,阿诚,你废话太多了!"

这位男朋友诚先生,跟三浦老师争论的时候想起了安先生。安先生刚好结束工作,正在收拾的时候被诚先生叫了过来。原来如此,如果问烟花师傅,他肯定知道答案。但这个安先生可不是个好糊弄的人,听了事情的经过后,他并没有直接告诉我们正确答案,而是提议说要做个实验看看。我们一行人只好一起去了海边。安先生把放烟花用的炮筒和烟花炮弹带了过来,开始组装设置。

"话说这个烟花,会打得很高吧?"

诚先生用三浦老师听不到的音量小声地在跟安先生商量着什么,站在前面的我却不小心听到了。然而毫无防备地,诚先生突然大声说道:"没关系,就当是结婚的祝福吧!"

"什么呀?我还没跟爸妈说这事呢,你饶了我吧。"

安先生一边准备一边说:"如果烟花是扁的,那不管是从侧面看还是从下面看,都会是扁的吧,你们这些家伙懂吗?如果烟花是圆的,不管从哪个方向看都是圆的吧,你们这些家伙真的懂吗?"

虽然他这么说了,我还是有点似懂非懂的。但是安先生的语气像是生气了似的凶巴巴的,总之先不懂装懂地跟着点头吧。

"在这里是从下面看的烟花哦!是最好的特等席。到底是扁的还是圆的呢,敬请期待。这个烟花炮不是很好,你们凑合一下啦。"

三浦老师在我耳边说:"这是专门为岛田你放的烟花哦。"

突然,安先生发疯似的大吼道:"热烈庆祝阿诚跟三浦老师结婚!"

这冷不防的吼声让三浦老师目瞪口呆。

"嘭!"伴随着巨大的声响,烟花飞向了天空。我、三浦老师、阿诚、安先生的视线一齐追着烟花向上。

烟花绽放出一个巨大的圆,占据了半边天空,美得让人几乎要流下泪来。我把夏荠给我的那颗珍珠般的玻璃球紧紧攥在手心,就当作她在跟我一起看烟花吧,就当作她看到了吧。这件无法实现的事,成了我心中永远的遗憾。

烟花静悄悄地消失在黑夜里,漫天的星星又重新闪耀在夜空中。

荠 (na zu na)

十字花科荠属一年生或二年生草本植物。
这个名字的由来是"让人忍不住想要抚摸的可爱的花",即抚菜 (na de na);
也有说法是源于一到夏天就枯萎的植物,即夏无 (na tsu na)。此外还有诸多
其他说法。

顺着他的视线望去,从墙缝间瞥到夏荠离去的背影。
怎么回事?夏荠怎么走了?祐介为什么在那儿发愣?
难道就这么一小会儿,这家伙就表白被拒绝了?

"遭遇背叛这种事就像会遗传一样。"
夏芽的声音像是夜里的蝉鸣般,充满了落寞。

祐介到底做了什么？他究竟是怎么想的？这些至今都是个谜。

不久,和弘一身登山装备地出现了。他背着大帆布包,单手拿着登山杖,这架势把纯一和稔吓了一跳。

"那个时候,对女孩子什么的真是一点兴趣都没有啊。"
初中三年级的时候,已经长到一米九的稔如是说道。回想当年的往事,语气中带着一丝怀念。

闪耀的夕阳余晖下,她的身姿显得有些神圣,我觉得自己像是看到了什么不该看的东西,但又无法把目光从她身上移开。

长大了一些的我们，开始懂得不能再这样轻易哭泣，
也拥有了更复杂的情感，学着在各种说不清原因的行为里作出抉择。

不知怎么回事,夏荠突然像站在了水面上。不对,是她在往下滑。
她正双手撑住身后的跳水台,膝盖以下的部分一点一点地没入水中,裙子在
水面上散开,仿佛绽放的花朵。

几个人前赴后继地喊着自己喜欢的人的名字。
在黑暗里大笑、奔跑、大喊。

插画 © 岩井俊二

为短篇小说所作的长篇后记

二十二岁的春天是毕业季。同年级的同学都顺利毕业了，而我因为学分不足，不得不延期毕业。但那时的我决定选择一条不一样的人生道路。于是我休学了，以漫画家为目标努力了一年，结果一无所获。我只好回到学校拿了学位毕业，然后去找了份工作。我像是在拼命揪着青春的尾巴不肯放手，就这么挣扎了半年还是无法对抗成长的无情。

画漫画之前，首先要构思故事。而漫画作画，是从普通的分镜脚本开始。用铅笔在空白的本子上画出框线，再在其中粗略地画出人物并写上对话。我花了好大力气才完成一个16页篇幅的短篇，画漫画真的是一项难度颇高的工作。我很快就陷入了瓶颈期，每天盯着白纸发呆毫无作为，任凭时光流逝。大学时期，作为业余爱好，我曾依着自己的兴趣任性地拍过几部电影，"想要拍电影"的冲动与日俱增。后来，我无法再继续抑制这种欲望，于是放弃了漫画家的道路。那时，我还觉得两者之间多少有些联系，现在看来，这完全是另外一种人生。

话说回来，在那个毕业季，我还万万没有想到会迎来如此挫败的二十二岁春天。看着同年的同学们即将毕业，决定休学的我带着微妙满足的心情迎接了春假。

说是春假，但因为休学的关系，我已经没有下一个新学期了，可以这样一直休假下去。同学们从四月开始将成为社会人，仿佛只有我一个人因为特立独行被落在后面。我像是得到了一场漫无止境的永恒休假，逃出了学校和社会的隐形禁锢。我沉浸在这样的日子里，突然有一天，面对着素描本，我像是闯入了某个领域——一如体育选手在比赛中集中精神达到忘我的境界，这种现象在创作界也时有发生。但我所经历的情况，不是变成了异于常人的天才，不是打开了第三只天眼，也不是思如泉涌的灵感爆发。该怎么形容呢，就像感受到小孩子一样天真烂漫的兴奋心情，我在心跳不止的激动中找到了创作的感觉，我终于也进入了忘我的境界。这是属于我的领域。如果每天都能保持这样的创作状态一定很幸福吧，但遗憾的是，这种情况只是偶然乍现。但这为数不多的灵感在我二十二岁的春天到来了一次，那时脑海中浮现的内容可以说是《升空的烟花，该从下面看，还是从侧面看？》*这部作品的原型，是一个关于小学生私奔的故事。

但我自己都难以相信，我并没有立刻埋头开始创作这个题材。尽管它多次在我脑海里上演，但我连大纲都一个字没写。好的东西总是要留到最后，这可能是我从儿时养成的习惯。即使是在不得不写分镜脚本却毫无剧情思路的残酷时期，我也丝毫没有想要动用这个题材。为什么会这样呢？其实我的记忆已经很模糊了，所以这对我自己来说也是个谜。那时的自己仿佛已经预知了这个故事将会按照它自己的方式，自然而然地成长发展。

放弃做漫画家之后，我回到大学复学、毕业，之后以自由职业者的身份进行影像制作的工作。有一

---

* 《升空的烟花，该从下面看，还是从侧面看？》，即作者1993年拍摄的电影原名。国内通用翻译为《烟花》。

天，我遇到一个电视剧情节企划的项目。那是我第一次把这个题材——小学生们私奔的故事——写成了文章，然后命名为《柠檬哀歌》。但遗憾的是这个企划并没有通过，所以也没能实现影视化。这个故事刚完成就被搁置了。

后来过去了很长一段时间，到了1993年，我接受了一个名为"If如果"的电视剧企划委托，我决定在这次的项目中挑战这个题材。这是我的第九部电视剧作品。也就是说，在此之前我曾有八次机会，却一直都把它封印在心里。其实我自己也搞不懂为什么会这样。为什么总是把它搁置起来？又为什么突然想做这个题材？这些原委都已经记不清了。

就结果来说，这个题材在那时才成为真正的作品，从而为世人所知，我想这是一种命中注定吧，那个时候就是最好的时机。

但是，创作的过程比想象中困难多了。

说起来，"If如果"是一个风格并不统一的系列电视剧。人生也好，故事也好，其实从某种意义上来说，都是在不停地作选择。主人公可能已经选择了道路A，但是如果他选择B会怎么样呢？这个系列电视剧就是要把A和B两种不同选择的结果都呈现出来。这就是它名为"If如果"的意义。主人公选择道路A后所经历的人生，和选择道路B后所经历的人生，两者肯定是截然不同的。虽然不同的人生并不会在平行世界共存，但我们总是要考虑到多种可能性，呈现出两个不同的结局、两个不同的故事。记得刚接下这份工作时，我觉得这个主题有些难以相容。我们在创作故事时，时常会探讨各种走向的可能性，从无数的可选项中找出一条线编入故事中。其实节目要求创作者在故事结束之前就停笔，也就是说不让这个故事完结。当主人公站在最后的、最重要的人生岔路口时，相反的两条道路选择都要写出来，并且两边都要顺其自然地发展下去。

但我认为，如果就让故事一分为二、顺其自然地发展，那并没有多少意思，我多少有点做不到，当时我就是这么想的。所以我考虑了群像剧。如果是在群像剧中，即使主人公没有选择道路B，也大可以让主人公以外的角色作出这个选择，并发展出相应的故事线。这样一来，就让两条线在同一个世界里并行发生成为可能。也就是说，登场人物们面对着各种各样的选择，他们作出了不同的取舍，每个"If如果"交替进行。在此也能体现"If如果"的隐喻。

原本是这样一个故事。

标题是《少年们从侧面看了烟花》。

"烟花是圆的还是扁的"这条线索，是在跟工作人员聊天时想出来的。

"烟花的造型很奇妙啊，并没有什么立体感，看起来像是扁的一样。"

我只是单纯随口一说而已。结果一个工作人员接了我的话：

"咦，不就是扁的吗？"

虽然我说看起来像是扁的，但实际上，我认为烟花无论从哪个角度看都是球体。听到有人真心认为烟花是扁的，我反而吓了一跳，突然有点怀疑是不是自己的想法错了,因此感到些许不安。不过决定了,就这么办吧。

但我把这个企划拿给制片人石原隆看的时候,石原先生哑然失笑:

"这个其实不算'If如果'吧?"

"……嗯,也是。"

我承认这确实是有瑕疵的,但是我相信自己的想法是一个能够解决"If如果"企划难题的划时代的创意。另外,我意识到这或许不仅仅事关"If如果"。要解决穿越故事里时间悖论问题,关键点就是把时光机从故事里剔除。而我所做的就是这么一件事。

石原先生肯定认为这家伙又在胡说八道了吧。此前我跟石原先生一起合作过《鬼汤》和《无名地带》。一个是围绕着名为"鬼汤"的神秘汤药所展开的圣诞故事,另一个是养着龙鱼的刺客和女侦探之间的悬疑故事。不过这两个故事都是在名为"La Cuisine"一集完结的系列电视剧项目中制作的,主题是"料理"。其实石原先生亲手策划的《料理铁人》和《奇迹餐厅》之类的作品比较能代表他的风格。相比之下,《鬼汤》是给孤魂野鬼喝了让他们能够去往天国的架空"料理",《无名地带》则是龙鱼被错误地烹饪并吃掉的故事,这些都与石原先生的风格大相径庭。我所制作的这两部作品,虽然以"料理"为线索,但概念上却远远偏离了这个中心。我认为重要的是能围绕题目展开想象,去挑战其本身含义的界限,这是我的准则之一。毕竟是大众娱乐,过于讲究规则就意味着给作品戴上了枷锁,从而创作出来一些无趣的东西,这毫无意义。"La Cuisine"曾有一个没有被通过的企划,以"Water"为主题,也就是"水"。"水"在某种意义上也算是一种料理吧,虽然这解读相当牵强。

我策划的作品大多是在深夜档,能包容我的天马行空的也只有深夜剧了。但这次节目的播出时间在周四晚上八点,是以饭后休闲人群为目标的黄金档。黄金档基本不可能通过太离谱的企划,我的标题也被否决了。按照节目的规定,标题必须是《○○○○,是□□,还是△△》的格式。可我考虑的标题是《少年们从侧面看了烟花》，完全没打算遵守规则，这连我自己都觉得有点儿异想天开。

但制作人石原隆先生真是一位了不起的人物，最大限度地包容了我的任性。一年之后，他又邀请我参与制作一个两小时的电视剧，在这个项目中，不必拘泥于"If如果"的限定。我不胜惶恐，谢绝了他的好意纵容，按照"If如果"的要求重新写了故事进行拍摄。

我一边做着电视剧导演，一边在横滨的偏僻角落打着零工维持生活，能走到今天，依靠的都是和一个个人的联系，像是织起一张大网连接着大家。我从他们那儿接到工作，制作，完成提交。即使成果让对方满意，也不能确定是否还有下次机会，但如果让对方失望，那绝对不会再接到工作了。所以我决不允许自己失败。在这逼仄的现实中，深感工作机会难得的我，心怀感激地接受了石原先生的提案邀请。最终，这个故事在"If如果"通过了，但我心里却隐约感到挫败。一直以来，我都在工作上力求完美，而在那时，这个想法崩塌了。作品就像是人的孩子一样，它无法自主选择出生的时机和场所。我自己的作品也是一样,如果无法通过,就更谈不上存在了。

这个故事会在这里诞生。当时的我也许就是怀着这样一种直觉。

我重新写了这个故事,最后完成的剧本标题是《升空的烟花,该从下面看,还是从侧面看?》。其实我有点困扰。A线故事的结局是夏苿被母亲无情地拉回家了,典道只能不知所措地站在原地目送她们离开;B线则是夏苿和典道私奔的故事。要让这两条线在"If如果"中并存,用普通的叙事方式是难以成立的,我所困扰的就是这一点。一年之后,当它作为两小时电视剧制作时,我依然没想到合适的解决方案。

对于剧本的高潮部分如何推进,到最后我依然很迷茫。拍摄的时候也是,把最后一天的拍摄暂时搁置休息了好几天,却依然无法决定如何结尾。

那几天我深深地陷在挫败感中,写下了这篇日记似的杂文:

最后电视剧标题改成了《升空的烟花，该从侧面看，还是从正面看？》。这对我来说或许也不是最重要的事。

"少年们从侧面看了烟花"——以这个关键句为中心，今年的夏天必须尽快推动项目。

迄今为止一直以孩子们为主题创作，面对这次的工作有种集大成的感觉。写剧本，选演员，找取景地，最后终于开拍。由于天气问题，我对每个镜头的过于较真（较真到我自己都有点难以置信）导致不得不追加拍摄时间，最后一天的拍摄任务延长到了三天，不得不考虑同时展开后期剪辑工作。可回到东京后，AVID非编设备也出了问题。带着混杂着焦躁和疲倦的热情工作了一整个昼夜之后，从纪伊国屋书店打车回家。在绝妙安静的暮色中，我抓紧每个片刻时光敲着键盘思考剧情。

最后一天，是泳池的镜头。特别是夜晚

泳池的 S#75 号镜头，剧本修改了两次依然没有整理好。昨天在酒店利用不多的时间思考了一下，有种稍微找到些头绪的感觉，不试着写一写怎么知道。

　　夏荠和典道告别的镜头。闹着情绪正在气头上的夏荠，和因此无法离开的典道，都有着孩子间不肯互相让步的倔强。在不存在温柔和关心的世界里，这两个别扭的人要告别了。但典道并不知道这会是真正的告别。要不要让单方面被迫卷进来的典道进行反击呢？反击的话会狠狠地伤害到夏荠吧。当然，典道对夏荠的境遇并不了解，也意识不到自己对她的伤害吧。在拍摄的过程中，一种从未有过的情绪包裹着我，那是关于孩子们的。孩子们身上真实存在的部分和我所写的故事微妙地交织混杂，让我有种还沉浸在青春期的错觉。

　　这让过了三十岁的我感到十分吃惊。

岁月的增长总是令人无能为力,这是多么无聊的命运必然。

这是个虎头蛇尾的故事。

夏苈,典道,祐介,纯一,和弘,稔。

惠,裕太,反田,小乔,兰迪,研人[*]。

这是属于他们五个人的故事。这段无与伦比的夏天的回忆能永远留在他们心里,这就足够了。

而立之后我的感知力急剧衰退,但在这些天重拾了某些遥远的黄金时代的记忆,再次成为我记忆的一部分。真的是一次非常棒的体验。

还有一天摄影就结束了。

今年的夏天,也要结束了吧。

1993年8月10日黄昏

---

[*] 惠,裕太,反田,小乔,兰迪,研人,分别是几个对应演员的名字。

经过几天的休整,终于迎来了最后一天的拍摄。一直苦恼于高潮部分的推进,结果到了现场,突如其来的灵感解决了这个问题。在现场看到泳池、照明灯后,一个画面在我眼前浮现。不过作为编剧,对此还是有些遗憾,为什么在剧本创作阶段没有想到呢?常常会这么反思。尽管非常后悔,但不得不承认实践比空想来得重要。最后一项工作是录制 *Forever Friends* 这首歌。为单集电视剧录制主题曲在当时还是特例。这首曲子都是由 Remedios 完全负责制作的。

在那二十四年之后。

我接到了来自制片人川村元气的联络,他说两年前就想把这个作品做成动画片了。我抱着"行啊,拜托啦"的心情干脆地答应了他。也许粉丝中会有一些异议,但我认为,如果能以我的作品为土壤培育出新的作品,是冥冥之中的恩惠,也是大家喜爱这个作品的证明吧。

请大根仁先生担任编剧是我的提议。大根先生曾经在《桃花期》的第二集里,创作了一个主人公被

《烟花》的女粉丝带去取景地圣地巡礼的故事。角度和画面都作了非常精致的还原。虽然并没有事先取得作者的许可,但能看出是饱含热情的作品。大根先生还在播出之前把我的电视剧擅自上传到YouTube上面,在推特上呼吁观众先"预习"看看。他倒是小心地在推特上念叨:"没有事先经过作者的同意,被他发现的话可能会很生气吧。"于是我在推特上回复他:"我没有生气哦。"结果他大吃一惊,然后回复我:"你生气了!"这样的对话仿佛是对夏芥和典道之间剧情的某种承袭衍生——"我不会背叛你的。""会背叛的!"是不是莫名相似?这就是我跟大根先生的相遇。

导演是新房昭之先生。他的作品《魔法少女小圆》让人十分震撼。故事的精彩程度自不必说,意义不明的魔女们一个个登场也十分烧脑。我们在杉并区的SHAFT公司定期碰面,开过几次会。每次会议结束后,我们必去居酒屋聊动画聊电影,这些日子都让我非常怀念。

会开得差不多的时候,川村元气先生请我把这个故事写成小说。把二十四年前的作品写成小说,这是前所未有的体验。打听之后发现大根先生也要把动画脚本小说化,某种程度上来说,这是我们之间的创作竞争,这也是第一次。其实我对于没有体验过的事物总是抱着很高的热情,所以欣然接受了这项委托。没想到这些生来并不完美的孩子们又能以新的姿态重生了。

《柠檬哀歌》和《少年们从侧面看了烟花》,将这两段虚构的剧情融合成一个故事会产生怎样的效果呢?我开始进行这样的尝试,发现了一些意想不到的可能性。如果不是"If如果"的企划邀约,这个故事可能永远无法呈现。这对我来说是一项积存了二十四年的作业。原作者在二十四年后对自己的作品进行修订,能不能让大家满意呢?还是根本就是画蛇添足?要么干脆放弃算了?这些,现在的我都还不知道。但我自身非常享受写作的过程。写着这个不可思议的故事的过程中,我完全感受不到与它已经相隔了二十四年。这个故事一直生机勃勃地存在于我的心里,就像那条令人怀念的儿时玩耍的河流,一如既往地奔腾流淌着。

从大学时代想到这个故事的春天开始算,到现在已经走过了二十三年的岁月。

能够得到大家如此的厚爱,万分感谢。

岩井俊二

文库版后记

长大之后,我选择了作家作为职业。从生活方面来说,这份工作有着极大的便利,因为平时不用见很多人。这么说并不是因为我讨厌和人打交道,只是创作少年时代的故事时,无论如何都会回想起自己的童年时光,比如在学校的那些日子。这些回忆就像在水族馆的水箱里来回游动的鱼,从来不会相互碰撞,瞬息万变得令人眼花缭乱。那些大喊大叫的孩子们,他们来回跑着,总是在彼此身边钻来钻去,却不会撞在一起。这些场景就这么生动鲜活地浮现在我的脑海中。

不对,只有一次,我和一个男孩正面撞上了。他被撞得有点流鼻血,于是我变成了过错方,一直被他用难听的话咒骂。但是如果我也流鼻血的话就太糟糕了。其实无形之中的冲突多到数也数不清,吵架也好,欺凌也罢,都是家常便饭。进入中学之后,那种无关喜好、毫无理由的吵架和欺凌发生得少了,相比之下小学时期的吵架和欺凌却总是来得无缘无故。一定是因为太多的孩子们聚在一起,加上小孩子都比较好动,就自然而然地会发生一些冲突。

  日本目前少子化倾向日趋严重,孩子的数量急剧减少。和我们那个时代相比,现在应该宽松得多了。在我们那个时代,即使在乡下也有着大型学校,一个年级有超过十个班级,每个班级有近五十个学生。一年级的时候学校供应一种叫作"ミルク*"的饮品,有点像热牛奶,但是味道非常糟糕。后来才知道那是脱脂牛奶。脱脂牛奶大概是从牛奶中提取油脂后剩下的残留物,听说本来是给牛喝的东西。牛竟然要喝这么难喝的东西,真是可怜。而且本来就是来自牛身上的东西,又让它喝回去,这就更残忍了。我们的时代就是这样一个会供应谜之饮料的年代。

  二年级的时候开始供应普通鲜奶了。但由于我对这类东西充满了心理阴影,所以变得连鲜奶也不想喝

---

* ミルク,日本外来语,源自英文的"milk",主要指加工乳制品,例如加了糖的牛奶、奶粉,或是加了一些果汁或香料的牛奶,本文提到的脱脂牛奶也属于"ミルク"。

了。但当时是个不允许把供给食品剩下的严酷时代,如果剩下了主食面包和牛奶的话,会被当作犯人一样对待。没办法,我只能跟着大家一起说"我开动啦",然后先把牛奶一口气喝光。

"呃!难喝死了!"

然后再开始吃面包之类的其他餐食。啊,我又想起了那个味道,面包简直难吃到不该存在,那种苦苦的味道。其他的餐食味道也很奇怪。为什么会这样呢?可能用的调料和我家做饭用的不同吧。小孩子的舌头还真是挑剔,连这种微妙的差异都能感受到。总之,我还是会忍耐着吃下一点那些难吃的供给食品。但这么做有个问题。当时我有个毛病,不管吃什么东西,总是一口气囫囵吞下,因此老被食物噎到。接着喝水、喝茶、喝味噌汤都无济于事,卡在喉咙里的东西怎么也咽不下去,非常痛苦却毫无办法。实在忍不住的时候,我会一边叫着"老师!能让我去趟洗手间吗?"一边冲出教室,跑去狂喝自来水。有时还来不及喝水,就从喉咙里吐出丸子一样的面包块。

大人总是教我要好好咀嚼,但我觉得经常咀嚼总是导致下颚很疼,甚至引起头疼。其实从小到大将近四十年里,我都是用囫囵吞咽这种痛苦的方式吃东西的。不过最近终于克服了这个问题,可以不直接咽了,但经常咀嚼还是做不到。现在的吃法是,把食物放进嘴里,像吃糖一样含着,细细品尝味道。不能咀嚼,说是这么说,但多少还是会稍微嚼一下。这么做的话,不知不觉中嘴里的食物就消失了。用这种吃法感觉食物变好吃了一百倍,不过难吃的食物也就变难吃了一百倍。我认为,这种把食物含着吃的做法,是分辨食物是否好吃的正确方式。这并不是从别人那里学来的,自我的探索发现也是我的人生乐趣之一。我长大后也好好研究改善过拿筷子的姿势,还有很大的改进空间,暂且略过不谈。

三年级的时候重新分班了,这是我以前没有经历过的新形式,对此我一直感到很困惑。新学期开始了,三月份,我们不得不和老朋友们告别,又和别的新朋友成为同班同学。即使如此,还是常在走廊啊厕所门口之类的地方遇见以前班上的同学。一开始大家还会打个招呼,像以前一样聊几句,到后来就变得不怎么说话了,不知不觉间眼神交流也消失了。明明大家相互认识,却像陌生人一样相处,这样奇怪的生活开始了。其实也是没办法,毕竟不可能无上限地和每个人都打上招呼,这是种孩子的智慧。四年级的时候又重新分了班,五年级的时候也是。稍微注意一下会发现,休息时段我已经和三个班的同学在走廊擦肩而过了。去厕所也好,去操场也好,总会见到些熟悉的脸庞。和从前一起玩耍的伙伴相遇,大家都一个劲地避开对方的目光,一心回到各自的教室。

这感觉令人难受,实在是很不舒服,也许只有我一个人这么觉得,但至少我是这么认为的,当时真心为此苦恼了好一阵。

六年级时我去了一所新成立的学校,叫作大野田小学。从我家步行过去只要一分钟,对于之前每天往返学校要花二十分钟的我来说真是一件幸运的事。这所学校每个年级只有两个班,每个班只有大约三十个学生。作为学校,这样的学生数量太少了,与其说是学校,不如说更像是补习班。因为是刚开办的学校,所以就算重新分班,也不会有相互避开目光的朋友。而且由于人数少的缘故,我们跟隔壁班的关系也不错,这是以前在大型小学里难以想象的一种开放的感觉。不过总人数少也就意味着可爱的女孩子不会太多,只有这一点让人有些失望。

放学后,男孩子们聚在一起,互相打听"你喜欢谁"之类的事情。在以前的学校,班上大概能选出一两个女神级别的姑娘来,这里好像不太能找到这个水平的女生,不过还是有人气高的女生冒出来。用动物来打比方的话,她有点猴子似的古灵精怪。毕竟是大家心目中的人气第一,我自然也是有点喜欢这个女生的。

暑假结束时,女生们个子都长高了,身材也丰满起来,到处都能看到有点成熟女性样子的姑娘。当时我十分困惑,在这初恋的时期,我的初恋对象与其说是某一个女生,不如说是全班女生。和女生接触时,我连她们的眼睛都不敢看。即使是她们主动来找我,我也没法跟她们正常说话。连在男生中人气最差的那个可怜姑娘也开始变得越来越有女人味，真是不知道眼睛该往哪儿看。有一天，我见到弟弟带了一个小姐姐模样的女孩回家，突然有些心跳加速。对人气最差的女孩也心怀爱慕，这种事情当然不会告诉任何人，当时我完全沉浸在这些细枝末节的琐碎烦恼中。那是像补习班一样的学校，是个至今回想起来，还会让我莫名心跳激动的地方。

终于迎来了毕业季，不知怎么的，突然觉得有些寂寞。是对什么感到寂寞，是为什么感到寂寞，这些我自己也搞不明白，也说不具体，总之就是感到寂寞。这种心情还是有生以来第一次。

我们是这所小学的第一届毕业生。班主任小浜老师，带完我们这一届就结婚，离开教职了。

我的初中是一个叫作西多贺中学的大型学校。在这里，以前的一些同级生们再次相聚了。朋友里面除了同班同学，还多了社团伙伴。于是果然，在休息时间遇见以前的同级生时，依然避开视线装作陌生人——这样的生活又开始了。初中时我骑自行车上学,每天早上,我的前后都是和我穿着一样校服的学生,有男生有女生,也有从前在大野田小学时的同班同学,但我们已经完全形同陌路了。彼此之间没有目光交集,更没有任何对话,我们都遵守着孩子们之间的沉默规则,费劲地骑上上坡,朝着校门前进。

当时无法排遣的闷闷不乐和回想起来时的惆怅,到现在还刺痛着我的心。

关于校园生活,说实话有很多糟糕的事情,可现在回想起来,都是色彩艳丽的回忆。但这并不是因为我完全长大成人了。刚上初中那会儿,我总觉得毕业还很遥远,一想起从大野田小学毕业时那奇怪的寂寞心情,当时的记忆也变得鲜明起来。我像是一个不知足的少年沉浸在那个世界里。终于还是到了初中的毕业典礼,那种寂寞的心情又来了,甚至比之前更加强烈。那时不光是我,毕业典礼上所有人都哭了,悲伤的情绪在大家身上集体爆发。这种情绪和眷恋之情到底该怎么解释清楚呢?至今依然是个难度颇大的课题。我从中学时代开始就一直思考着这个课题,所以现在从事了这份工作。我写小说,拍电影,做音乐,尝试着再现那个时代。借用某位作家的话来说,就是想再现那个"永远的黄金时代"。真想永远停留在学生时代啊,当然这种想法不可能实现。恐怕这本书的读者之中,有很多现在还身处那个黄金时代吧。真是令人羡慕啊。这么说或许会让你们感到困扰,我是真心羡慕你们。但我还是想告诉你们,总有一天你们也要和那个地方告别,然后走向各自的人生。一定会有一天,你们将满怀眷恋地想起这段无可取代的时光,而这一天,或许会在毕业后的一个月内就到来呢。

岩井俊二

ONE
book

监　　制：韩　寒
策 划 人：戚开源
特约策划：周　怡
出版统筹：戚开源　朱华怡
编　　辑：朱双南
特约编辑：李　婧
策划推广：金怡玉玲　纪文超　韩　培
特约发行：王　鑫
特约印制：张春笛
封面设计：雾　室
版式设计：欧阳颖

官方网站：wufazhuce.com
官方微博：@一个App工作室　@一个图书　@亭林镇工作室

图书在版编目（CIP）数据

少年们想从侧面看烟花 /（日）岩井俊二著；王纯译. -- 杭州：浙江文艺出版社，2017.9
ISBN 978-7-5339-5009-5

Ⅰ.①少… Ⅱ.①岩… ②王… Ⅲ.①中篇小说—日本—现代 Ⅳ.①I313.45

中国版本图书馆CIP数据核字(2017)第216663号

Copyright © 2017 by Shunji Iwai
著作权合同登记号　　图字：11-2017-239

责任编辑：瞿昌林

少年们想从侧面看烟花
[日]岩井俊二 / 著　王纯 / 译

出　　版	浙江出版联合集团 浙江文艺出版社
网　　址	www.zjwycbs.cn
印　　刷	北京鹏润伟业印刷有限公司
开　　本	787mm×1092mm　1/32
字　　数	80千字
印　　张	6.25
版　　次	2017年10月第1版　2017年12月第3次印刷
书　　号	ISBN 978-7-5339-5009-5
定　　价	42.00元

版权所有　违者必究
如发现印装质量问题，请联系调换。电话：021-52936900